Karina Graciela Salazar

Bella sí...
durmiente no

Salazar, Karina Graciela

Bella sí...durmiente no : crónica chick-lit de un romance contemporáneo / Karina Graciela Salazar. - 1a ed . - Ciudad Autónoma de Buenos Aires : Karina Graciela Salazar, 2019.

262 p. ; 22 x 15 cm.

ISBN 978-987-783-527-4

1. Novelas Románticas. 2. Mujeres. 3. Bellas Artes. I. Título.

CDD A863

ISBN: 978-987-783-527-4

Sígueme en Facebook e Instagram: karinasalazarok

karina-salazar.com

DEDICATORIA

A TODOS AQUELLOS QUE NUNCA DEJAN DE SOÑAR…

AGRADECIMIENTOS

ESTE LIBRO NO HUBIERA SIDO POSIBLE SIN LOS CONSE-
JOS Y EJEMPLOS TAN CLAROS DEL DR BERNARDO STA-
MATEAS, SIMPLEMENTE ¡MUCHAS GRACIAS!

A MI FAMILIA QUERIDA.

A RMMR CREATIVIDAD: USTEDES SON SIMPLE- MENTE…
¡FORMIDABLES!

A SAMUEL & FLOR

INDICE

DEDICATORIA   iii

AGRADECIMIENTOS   iii

Introducción   3

Capítulo 1 - Burn out   5

Capítulo 2 - Sabático   17

Capítulo 3 - Milán   31

Capítulo 4 - Mark   43

Capítulo 5 - Larissa   61

Capítulo 6 - Mr. President   73

Capítulo 7 - Jill Seymour   87

Capítulo 8 - ¡Ah! el amor, el amor…   107

Capítulo 9 - Bambi   117

Capítulo 10 - Josh, Josh   127

Capítulo 11 - Evento de caridad   143

Capítulo 12 - Recepción y despedida   153

Capítulo 13 - Amigos son los amigos   163

Capítulo 14 - Madeira   171

Capítulo 15 - Pagando deudas   189

Capítulo 16 - Arpías si las hay…   205

Capítulo 17 - Y la verdad te hará libre   211

Capítulo 18 - Te quiero pero…no   221

Capítulo 19 - ¡Sí, sí, y mil veces sí!   229

Capítulo 20 - Hampton Court   239

Capítulo 21 - La boda   247

Epílogo   255

INTRODUCCIÓN

El despertador de su celular sonó con su melodía favorita. Un mano con uñas largas perfectamente barnizadas se libraba de su antifaz para dormir, y la otra, de forma autónoma, buscaba el aparato para apagarlo.

"Otra mañana gris… comenzó el otoño", pensó, mientras miraba al techo blanco de su alcoba.

Resopló por no haber podido dormir bien la noche anterior y se quitó el edredón que cubría su cuerpo, pero a pesar de sus repetidos esfuerzos, Bella no podía levantarse de la cama.

"No sé por qué el cuerpo no me responde últimamente… estoy cada día más cansada —pensó Bella quejándose para sí—. Y encima de todo ¡este dolor de cabeza que no se me quita!".

Queriendo levantarse de un salto, lo único que Bella logró fue un buen susto porque, al hacerlo, su cuerpo se tambaleo de tal forma que tuvo que aferrarse a la pared y cerrar los ojos.

—Calma, calma que es solo una bajada de presión —dijo en voz alta dándose ánimos, hasta que pudo recuperar los cinco sentidos.

Cinco minutos más tarde, Bella se dirigió a la cocina para poner a hervir agua para tomar un té, encendió su computadora y se propuso terminar con la licitación pendiente. Tres horas después, su taza de té yacía en el mismo lugar que cuando se lo había servido. Solo que ahora su infusión estaba fría y su sabor era súper concentrado.

—¡Aj! —se quejó mientras tragaba un sorbo de té. Y de pronto su semblante se transformó—. ¡Listo! —gritó triunfante—. Ahora solo falta imprimirlo y enviarlo.

Mientras se terminaba de cambiar para dirigirse al correo, un fuerte dolor de estómago le invadió el cuerpo, pero se lo aguantó porque necesitaba enviar la cotización.

"Luego te vuelves a dormir", se dijo.

Volvió a su casa como pudo porque la cabeza y el cuerpo le pesaban. Nuevamente sintió mareos y buscó una silla para sentarse. Solo tuvo tiempo de tomar el teléfono y marcar una tecla automática correspondiente a un número telefónico y pudo balbucear:

–Tía, me siento muy mal.

Luego perdió el conocimiento por completo.

Cuando Bella volvió en sí, las sirenas la aturdieron. Se encontraba en movimiento en una camilla de una ambulancia. El rostro de un desconocido comenzó a revisarle los ojos con una linterna.

–Madame, nos encontramos de camino al hospital para atenderla.

Enseguida sintió una mano cálida tendida sobre la suya y una voz que le susurraba:

–Aquí estoy, Bella, aquí estoy. –Era su tía.

Capítulo 1 - Burn out

Bella llegó puntualmente a la cita con su doctor. Mientras aguardaba en la sala de espera pensó: "Si algo tienen de bueno los doctores anglosajones es que no se andan con rodeos, me dirá la realidad, cual cruda pueda ser, irá directo al grano".

—Bella, *you can come in!*[1] —Se escuchó la voz del doctor desde dentro de su consultorio.

El doctor Goody era un vecino del barrio donde vivían Bella y su familia antes de que esta decidiera vivir sola. Era una eminencia en el campo neurológico así que, ni bien estuvo enterado de la situación, ofreció sus servicios a la familia en forma gratuita, quien agradecida insistió en pagar sus honorarios.

—Bueno toma asiento, pues tendremos una charla larga y tendida…

"¡Por fin —pensó Bella—, algo que justifique las facturas que tengo que pagar cada vez que vengo a su consulta!".

Quitándose sus gafas, el médico le dijo con voz serena pero firme:

—He leído y estudiado minuciosamente el resultado de los exámenes clínicos. Debo decirte que deberás dejar de trabajar 18 horas por día; sí, porque esa es la cantidad de horas que trabajas… me lo dijeron tus tíos y tus primos… —Y al ver su cara de asombro, agregó—: Hazme un favor: cierra la boca que la

---

[1] Bella, ¡puedes entrar!

primavera ha llegado y puede que te atragantes con un insecto...

"¡Traidores –pensó Bella–, ya me las pagarán!".

El doctor, adivinándole el pensamiento, le dijo:

–No pienses mal de ellos pues les he contado lo que lamentablemente temía que fuera cierto y no tuvieron otra alternativa que sincerarse conmigo.

–¿Ellos saben antes que yo qué es lo que tengo? –Bella estaba al límite de su amabilidad.

–No, ellos solo saben una hipótesis, pero desconocen si los resultados confirman o no lo que les dije.

Hubo unos segundos de silencio sepulcrales entre los dos.

–Bella –le dijo el galeno–, esto es muy serio. Debes mejorar tu alimentación porque estás en bajo peso, también deberías hacer algún tipo de ejercicio y creo que deberías tomarte una pausa, digamos algo así como unos meses sabáticos...

–¿¿¿Sabáticos??? –lo interrumpió mirando fijamente a sus ojos–. Doctor, ¡tengo compromisos que atender! ¡Y cuentas que pagar!

A su mente llegó el *penthouse* que acababa de ver por internet hacía solo unas semanas. Era el último de uno de los edificios más exclusivos que se hubieran construido en la ciudad. Si el nuevo contrato con la compañía Andrews se cerraba, lo cual ella ya lo creía un hecho, eso le daría suficiente dinero para entregar un adelanto y pagar el *mortgage*[2] holgadamente y todavía guardar un poco más para vivir... "¿Quién se habrá creído que es este doc?". Bella estaba hecha una furia e hizo un movimiento para levantarse, pero el doctor, colocándose sus gafas, la amenazó:

–¡Siéntate porque todavía no he terminado contigo!

_____

[2] Hipoteca.

Ante tal sonido desafiante, Bella sintió un temblor en su cuerpo. Evidentemente, había más para contar. La verdad estaba por llegar y habría que aceptarla como fuera. No era la primera vez que ella enfrentaba desafíos…

—Bella, ¿me estás escuchando? —le preguntó su doctor, interrumpiendo nuevamente sus pensamientos.

—Sí, sí, doc —le dijo—, soy toda oídos.

—Mira, Bella, tuviste desmayos y baja de azúcar por un solo motivo: estás pasada de revoluciones y tu cuerpo te pide vacaciones. Esta es una enfermedad relativamente nueva llamada *burn out*. Su causa puede deberse a infinidad de cosas. Yo aquí puedo ayudarte a mejorar las causas físicas, pero para las psicológicas, tal vez, necesitarías buscar un profesional con quien hablar de esto.

Ya seguro de que su paciente no divagaba con sus pensamientos en cualquier parte menos en su consulta, continuó:

—Si necesitas trabajar para pagar tu alquiler, cosa que sinceramente dudo, puedes trabajar en algo que no tenga nada que ver con tu profesión, pero solamente unas 10 horas por semana y como una exageración una vez que te otorgue el alta médica. Tal vez, puedas hablar con tu aseguradora para preguntarles si cubren bajas temporales por causa de *burn out*. Te daré el certificado correspondiente si lo necesitas. Si aún quieres hacer algo, piensa en profesiones que tengan que ver con cultivar tu espíritu, con hacer feliz a la gente, no sé, piensa en vender flores, por ejemplo…

—¡¿Qué, qué!? ¿Vender flores? ¡Pero si solo sé que existen las rosas y los tulipanes porque mi tía cultiva un jardín! —interrumpió.

—Creo que no me estás entendiendo —le dijo su doctor—. La próxima vez puede que no tengas la oportunidad de avisar a tu familia o que te golpees la cabeza en el mejor de los casos. Por eso quiero continuar haciendo estudios más específicos. Pero, si no me haces caso, mírale el lado positivo, seguramente saldrás en los periódicos y en las portadas de las revistas médicas: "Joven de 35 murió a consecuencia de un *burn out* y de no escuchar a su médico".

»Yo sé más que nadie cómo te sientes, todos los días lidio con situaciones altamente estresantes como tú. Pero si tengo que elegir entre sentirme enfermo por trabajar en un círculo vicioso o cambiar de profesión, sinceramente te diré que me encantaría ser pintor profesional, que es mi pasatiempo favorito.

Cerrando su carpeta y poniéndose de pie, el médico dio por terminada la cita. Estrechándole la mano, le dijo:

—Vuelve exactamente en 14 días pues quiero ver qué efectos hicieron en ti cambiar tus hábitos y costumbres. ¡Ah!, mi secretaria te entregará una carpeta para que leas más sobre el *burn out*. Espero que cumplas mis indicaciones al pie de la letra y tomes todos los medicamentos.

Mientras la escoltaba en el pasillo de salida, agregó:

—Tal vez, asociarte a un club te haría muy bien. Te despejará la mente, sin dudas.

—*Thank you, doc!* —le dijo Bella por lo bajo.

Cuando llegó a la puerta de salida, se preguntó resignada a su destino: "Y ahora, ¿a qué me voy a dedicar? ¿A jugar black jack?".

Caminó unos pasos y de repente la verdad le cayó como cubo de agua fría en la cabeza. Sintió un deseo muy profundo de llorar, pero se contuvo porque se encontraba en plena calle.

"A que me dedicaré no es lo importante ahora, primero lo primero... ¡A casa de mi tía!". Giró sobre sus pasos.

—¡¡Taxi!! —gritó a viva voz.

"Por suerte, siempre guardo un juego de llaves de su casa en todos mis bolsos", pensó mientras guardaba el cambio del taxi en su cartera.

"¿Quiénes se habrán creído?", pensó mientras abría la puerta de calle.

Allí estaba su mejor amiga y prima, Ana Belén, en la cocina cebándose un mate[3].

—¡Traidora! —le gritó desde la recepción—. ¿Cómo has podido hablar con el doctor de mis hábitos laborales?

Ana Belén casi se pone morada de la risa y por atragantarse con un bizcocho. Tomando aire para deglutir más rápido, le contestó:

—Pero, chica, ¡si eres la abanderada de los trabajadores! ¿Cuándo fue la última vez que saliste con alguien de vacaciones? —preguntó con sorna desviando la ira de su prima—. ¡Y no me refiero a un fin de semana en París en compañía de tu laptop!

Bella, muerta de rabia, casi se ahorca con su echarpe al intentar despojarse de él para tener más fuerzas para discutir sin abrigo.

—¡Eres una víbora! ¿Sabes lo que me acaba de decir el viejo en la consulta? —Ana Belén solo pudo poner cara de póker pues no tenía cómo hablar, su boca estaba nuevamente llena de bizcochos—. ¡Me dijo que venda flores! ¡Qué cambie de profesión! O… mejor ¡que me tome unos meses sabáticos! ¿Quién habrá inventado eso? Pero ¡si los sábados se trabaja también! ¿Qué se supone que voy a hacer?

Sin esperar respuesta de su prima, esta le espetó:

—¿Mirar *reality shows* todo el día y comer bizcochos?

---

[3] Infusión parecida al té famosa en Sudamérica, con propiedades vitamínicas.

—Pues puedes hacer algo muy productivo, señorita —le dijo alguien desde la escalera. Esa voz pertenecía inconfundiblemente a su tía Carmen.

—Contigo también he venido a arreglar cuentas —increpó Bella—. ¿Has hablado con el doctor de mis hábitos? ¡Pero tú qué sabes!

Su tía la interrumpió:

—Más respeto, que todavía soy tu tía. Bella, Bella —le dijo su tía Carmen con una mirada serena—, eres más que una sobrina para mí; tú y tu hermano son como mis hijos. Y si le he dicho algo al doctor, es para que supiera la verdad y pudiera diagnosticarte lo correcto —explicó mientras le pasaba un brazo por el hombro.

»Pero ahora ¡cuéntame qué te ha dicho! —le rogó su tía mientras le servía una taza de té—. A propósito, ¿puedes tomar té? —Y sin esperar respuesta, le quitó la taza que acababa de entregarle.

—Sí, puedo… no te preocupes.

Ana Belén con una carcajada contagiosa le dijo a su madre:

—El doctor le dijo que tiene que hacer una pausa y ¡¡dedicarse a la filantropía!!

Su madre le reprochó:

—Cállate y déjame oírlo de labios de Bella.

—Creo que no hay mejor manera de reproducir los dichos de mi doctor —Bella le contestó a su tía.

—Bueno, como te dije antes de que me interrumpieras, puedes hacer algo muy productivo —le dijo su tía—: acompañar a tu prima a terminar de arreglar su ajuar y visitar decoradores de interiores. De paso, te puedes comprar allí mismo algo para ti también. No me pongas esa cara de susto, que no será nada estresante pues, como te podrás imaginar, hemos elegido un solo diseñador.

—Tía, esta actividad que me acabas de encargar sería el sueño de toda muchacha, pero para mí es estresante… Yo compro ropa por internet y la decoración de mi casa se la he encargado a mi amiga Manuela, que es decoradora.

—Tú sabes que Ana Belén ya tiene todos los vestidos que usará durante su boda en su cabeza, así que será algo rápido.

Ana Belén se acercó a ella y le dijo:

—¡Te necesito, Bella! Además estaríamos viendo arreglos florales, que es exactamente lo que el doc te recomendó que hicieras…

—No tienes perdón —contestó Bella meneando la cabeza.

Su tía continuaba dando órdenes ignorando que las muchachas casi no la escuchaban.

—No se olviden de que la familia de Francis vive para el qué dirán y obviamente harán de esta fiesta algo para que se recuerde durante todo el año. Así que deberán elegir algo majestuoso. No quiero críticas de que hemos escatimado en gastos… La parte estresante de lidiar con mi futura consuegra déjenmela a mí.

Bella sí escuchó la última parte del sermón e hizo un gesto de desagrado poniendo sus ojos bizcos.

—Nosotros no somos así, somos gente trabajadora que no vive para las miradas de los demás —explotó Bella.

—¡No seas aguafiestas! —le gritó su prima—. ¡En un mes y medio nos vamos a Milán y nos quedaremos tres semanas! —anunció con orgullo—. He reservado un hotel boutique que se dedica al relax. Tengo solo tres citas hechas con modistos y arquitectos, así podrás dormir todo lo que necesites y dejar que te atiendan los mejores profesionales…

–¿Qué clase de profesionales?

–Masajistas, estilistas, y todo lo que termina en "ista", ¿no es divertido? –le preguntó su prima. Al ver la cara de sorpresa de su prima, le rogó nuevamente–: No me dejes con esto sola, por favor; ¡te necesito!

–Mejor dejémoslo para dentro de dos meses, si deseas que te acompañe. ¿Puedes cambiar las citas? ¡Por favor!– rogó Bella, cambiando su ánimo–. ¡Tengo que arreglar mi oficina antes de tomarme esos meses sabáticos!

–¡Nada de eso, señorita! –ordenó su tía–. Hoy mismo hablaré con tu hermano Federico para que él se haga cargo del asunto. Le pediré expresamente que cambie la cerradura de tu oficina para que no tengas ni siquiera la más mínima posibilidad de acercarte a la puerta.

–Tía –le rogó Bella–, debo ir en dos semanas al doctor nuevamente…

–Entonces, pospongamos todo para dentro de dos meses y medio para ser más exactos –dijo mirando su calendario. Y poniéndose de pie, su tía Carmen fue a buscar su agenda y el teléfono. Necesitaba confirmar sus planes con el doctor sin que Bella se enterara…

Bella se dio cuenta de que estaba perdiendo la partida y tendría que buscar aliados. Y para ello nada mejor que su tío Alberto. Sería bueno encontrarlo para poder convencerlo de que los demás estaban equivocados; y ella, en lo correcto… Lo complicado del asunto sería encontrarlo solo para poder hablar sin interrupciones. Miró la hora y supuso que su tío debería estar por llegar de la oficina. Su deseo se hizo realidad al instante, pues su tío apareció en la puerta con cara de cansado y de hambre.

—¡Hola, amores! —saludó al entrar. Miró para todos lados buscando gente—. ¡Pero si aquí está la enfermita! —exclamó con los brazos abiertos—. ¡Venga que le doy un abrazo!

Bella obedeció y se levantó con cara de cansancio producto de todas las emociones vividas y al abrazar a su tío le susurró:

—Tenemos que hablar… ¡a solas!

Sentados en la biblioteca, su tío escuchó atentamente sin interrumpir a Bella de una manera que solo los hombres pueden hacer. Luego de terminar con su descargo, Bella esperó una respuesta de su tío. Al no obtenerla inmediatamente, le ordenó desesperadamente:

—Alberto, ¡por favor, di algo! —Ese nombre solo lo usaba cuando estaba enojada y para hacer reaccionar a su tío.

Sin siquiera inmutarse, su tío le dijo tímidamente:

—Cuando tus padres tuvieron ese fatal accidente, me prometí a mí mismo, mejor dicho, tu tía y yo nos prometimos firmemente cuidar de ustedes dos, de tu hermano y de ti, como si fueran nuestros propios hijos.

»Querida Bella —dijo su tío con la voz quebrada—, no hay día en que no dé gracias al cielo por haber tenido salud para poder hacer de todos ustedes personas de bien… Hoy te miro y veo a la mujer maravillosa en que te has convertido. No solo fuiste capaz de iniciar tu propio negocio, sino que también tienes un hermoso corazón para seguir unida a toda tu familia. Ahora ha llegado el momento para ti de hacer un alto en el camino y aprender a disfrutar de otras cosas…

»Bella, no tienes que demostrar a nadie que eres capaz de llegar lejos. Ya has llegado, pero por favor no cruces la barrera del sentido común. —Se levantó, le dio un beso en la frente y le dijo—: El sentido común me llama a comer. —Y tomándola de la mano le dijo—: Y a ti también.

Juntos y abrazados se dirigieron al salón comedor.

La cena transcurrió como era de esperar: con Ana Belén eufórica, contando una y otra vez los planes. Sus dudas transcendentales sobre moda, invitados y mobiliario estuvieron a punto de enfurecer a Bella. Su tía Carmen aconsejaba sobre todas las cosas que podrían hacer en cuanto llegaran a Milán. Bella se limitó a asentir para conformar a la protagonista de esta historia:

—Haremos lo que decida Ana Belén —dijo por fin.

Pero luego sus pensamientos se elevaron por sobre la cena. Había mucho para hacer antes de viajar a Milán.

En el taxi camino a su casa, acurrucada en un costado pensó en cómo sería eso de que le iban a cambiar la cerradura de su oficina:

—*Over my dead body!*[4] —dijo en voz alta reaccionando—. Chofer, por favor, diríjase a London Bridge. En cuanto lleguemos, le diré a dónde tiene que ir —ordenó Bella con voz suave pero firme.

Si alguien le iría a prohibir el acceso a su oficina, ¡no sería justamente hoy! Se felicitó entre risitas Bella.

—*Thank you very much, and keep the change!*[5] —le dijo al chofer cuando llegaron a la puerta de su oficina.

Sí, realmente estaba de muy buen humor y eso era un milagro con lo ajetreado que había sido el día.

—¿Seré tan tonta para no poder abrir la puerta de mi propia oficina? —se dijo—. Pero ¿por qué no entra la llave? —se volvió a preguntar.

---

[4] ¡Sobre mi cadáver!

[5] ¡Muchas gracias, y guarde el cambio!

—Sacudiendo la puerta no lograrás que la puerta se desplome, lo único que lograrás serán músculos —le dijo una voz burlona a sus espaldas.

Bella se dio vuelta horrorizada, y se volvió a mirar la puerta. Sin poder aguantar, le gritó:

—¡Tú, Judas Iscariote! ¡¿Cómo has podido?! ¿Con qué derecho te adueñas de mi oficina?

Mientras hablaba, Bella corrió varios pasos y se abalanzó sobre un hombre más alto que ella en busca de la nueva llave que abriera su oficina, pero este, al ver sus intenciones, se corrió ágilmente hacia un costado, cual torero avispado, lo que hizo que Bella casi terminara de bruces en el césped de la entrada.

—Hermanita, hermanita, ¿te encuentras bien? —le gritó el hombre.

Bella, sentada en el suelo, miró a su interlocutor y notó que detrás de él había un árbol. Era la primera vez que notaba que en la puerta de entrada había un tipo de vegetación y por eso mismo se preguntó dónde habrían estado ella y sus pensamientos para no notar que un árbol se hallaba plantado a la entrada de su oficina.

Al no obtener respuesta, su hermano Federico le volvió a preguntar, pero esta vez agachándose para ayudarla a levantarse:

—¿Cómo te encuentras?

Bella seguía como hipnotizada mirando el árbol.

—Es un árbol de acacias —aclaró su hermano.

Ella le echó una mirada como quien tiene un as en la manga y está a punto de usarlo.

—Judas —le espetó—, aquí hay un árbol de acacias o de lo que sea y la oportunidad amerita, ¡puedes ahorcarte tranquilo! ¡Eres un traidor! Pero antes de hacerlo, ¡ten la amabilidad de

devolverme mis llaves! O mejor dicho, ¡de entregarme las nue-
vas!

—*No way!*[6] —le contestó el hombre divertido por el humor
negro de su hermana.

—¡Vamos, que te llevo a tu casa! —invitó con voz galante,
ayudándola a levantarse. Mañana tengo que trabajar y estoy
muy cansado. ¡Este trajín de estar buscando cerrajero después
de las 8 de la noche me ha costado una fortuna!

Su hermano buscó los ojos de su hermana, esperando
comprensión, pero lo único que obtuvo de este comentario fueron diez dedos colgados a su cuello.

—¿No esperarás que pague la factura, no es cierto? —le preguntó su hermana.

Ya en su casa, y luego de despedir a su hermano, decidió
que era el momento ideal para tomar un baño caliente.

—¡Estoy vencida, pero no muerta! Mañana será otro día.
Tendré todo el día para pensar como recupero mis llaves —se
dijo y, a continuación, se sumergió en un baño de aceite a base
de lavandas entre risitas.

Y con ese pensamiento, se acostó a dormir sin poner el
despertador, después de todo mañana sería el comienzo oficial
del "sababurrimiento".

---

[6] ¡De ninguna manera!

Capítulo 2 - Sabático

Una semana más tarde, Bella se despertó automáticamente. Había dormido mal porque la televisión había quedado prendida en su dormitorio y, aunque dormida, recordaba que podía escuchar los programa de televisión entre sueños.

Un sol resplandeciente entraba por su ventana. Una sonrisa le dibujó el rostro.

—El buen tiempo es raro por aquí, así que ¡a disfrutar se ha dicho! —se dijo.

Se sentó en la cama con dificultad pues su cansancio al levantarse era habitual, y pensando que ya debería ser tarde, miró el reloj de reojo y exclamó recostándose otra vez:

—¡¡¡Nooo, no puede ser, son recién las 7.30 de la mañana!!! Y ahora, ¿qué hago?

Miró alrededor de su habitación en busca de alguna idea, pero al no llegarle ninguna, puso cara de circunstancia y se dijo:

—En fin, en fin... lo mejor que puedo hacer es ir a visitar a mis tíos y preguntarles si necesitan ayuda para el casamiento. — Y se dirigió a la ducha.

Tres cuartos de hora más tarde, Bella se encontraba abriendo la puerta de la casa de sus tíos con mucha dificultad.

—¡Deja que te ayude! —le dijo una voz sujetándole el paquete de *croissants* humeantes.

—¡No necesito ayuda de traidores! —le contestó Bella tratando de sujetar la puerta para sacar la llave.

Pero, lamentablemente, su hermano Federico fue más rápido y salió corriendo con los *croissants* en dirección a la cocina cual niño que corre tras ser descubierto en alguna falta.

—¡Ven aquí, traidor! ¿Qué haces aquí? ¿No deberías estar trabajando? —gritó Bella corriendo tras él.

Su tía escuchó el batifondo y los gritos e inmediatamente bajó las escaleras y preguntó:

—Pero ¿qué sucede aquí?

—¡Es tu sobrino traidor que me ha cambiado la cerradura para evitar que entre en mi oficina! ¡Pídele que me entregue las llaves ahora mismo!

Al ver que su tía, al comprobar la falsa alarma, daba media vuelta para regresar por donde había venido, Bella insistió:

—¡¡Debo enviar la propuesta para otra licitación antes del fin de semana!! ¡¡¡Es el negocio de mi vida!!!

En ese momento su prima Ana Belén se asomó por el descanso de la escalera y exclamó:

—Por favor, ¡déjenme dormir que recién son las 8.30 de la madrugada!

—¡Ana Belén! —gritó Bella—. *Help me, please! I'll do whatever you want!!*[7]

En ese momento el rostro de Ana Belén se iluminó y le preguntó:

—*Anything I want?*[8]

---

[7] ¡Ayúdame! ¡Haré lo que me pidas!

[8] ¿Lo que yo desee?

—*Yes, I promise!*[9] —le contestó Bella con un gesto desesperado—. ¡Necesito mis llaves!

—*Wait a sec*[10] —dijo Ana Belén con un gesto para tranquilizarla.

—*Thanks so much!* —le contestó ya relajada Bella.

Tres minutos más tarde Ana Belén se dirigía a la cocina, donde estaban Bella, Federico y su madre desayunando. Con un gesto de cabeza, llamó a su prima y ambas se reunieron en la parte posterior de la cocina.

—Aquí están —dijo triunfante, haciendo sonar las llaves—. Ahora te toca a ti cumplir tu parte del trato.

"¡Uff! —pensó Bella—. ¡No quiero ni imaginarme lo que será!".

—Volvamos a desayunar antes de que levantemos sospechas.

De repente Bella sintió un mareo y preguntó:

—¿Podría ir a recostarme un momento?

Tía y prima se miraron y dijeron al unísono:

—Por supuesto.

—Ana Belén te acompañará.

Luego de acompañar a su prima, Ana Belén bajó directamente a la cocina para preguntarle a su madre por la salud de Bella; su madre leyendo sus pensamientos le dijo:

—El doctor dice que puede viajar siempre y cuando no la tengas de aquí para allá. Este viaje es la excusa perfecta para que no trabaje ni se estrese con sus benditas licitaciones. Quiero que coma bien y que duerma o, mejor dicho, que la obligues a descansar.

---

[9] Sí, ¡lo prometo!

[10] Espera un segundo.

—¡Ay, mamá! Me siento un poco culpable ahora... ¡No quiero ser la culpable de que le suceda algo a Bella!

—Prométeme que harás todo en forma tranquila. ¡Te conozco y sé lo atolondrada que eres!

Su temor fue interrumpido al instante por la voz de su tío, que entraba desesperado por la puerta trasera de la casa.

—¿Qué te ocurre? —le preguntaron al unísono.

Su tío le preguntó directamente a su esposa:

—¿Se ha sabido algo de Mercedes? Pues es el segundo día que no concurre a limpiar el edificio de Paddington. ¿Le habrá ocurrido algo? Porque no ha llamado ni atiende su teléfono —se preguntó y, sin esperar respuesta, posó sus ojos sobre los *croissants*.

—Déjame que la ubique yo esta vez, es probable que tenga problemas con su niño —le contestó su esposa, levantándose para tomar el teléfono.

Los tíos de Bella y Federico —Carmen y Alberto— habían formado hacía ya casi quince años una compañía dedicada a la limpieza y al mantenimiento de edificios. La oportunidad había llegado casi por casualidad al recibir una propuesta del antiguo dueño, un señor inglés llamado Bloom. Alberto había trabajado como mano derecha del tal Bloom, pues era el único latinoamericano que dominaba el inglés en su empresa. Así pues, Alberto supo ganarse la confianza de su patrón limpiando primeramente las oficinas junto con su esposa Carmen y luego pasando a controlar el personal (todos de procedencia latinoamericana), además era la persona de contacto de los clientes. Al llegar la época de retirada, don Bloom pensó en él como su sucesor. Alberto no lo defraudó y la empresa pasó de manos sin el menor percato de los clientes en materia de calidad y servicio.

La empresa del tío Alberto era muy importante, a pesar de su tamaño, pues tenía contratos con las mejores y más grandes empresas del centro de Londres. Todos los días, decenas de empleados de procedencia latinoamericana recorrían juntos a las 5.30 de la mañana Charing Cross separándose luego para dirigirse cada uno a su hoja de ruta semanal.

Era una sociedad de tipo familiar; todos conocían sus tareas y las cumplían al pie de la letra sabiendo que era su trabajo el único motivo para poder avanzar y salir de la miseria de donde venían. Muchos de ellos habían llegado a Inglaterra en calidad de refugiados políticos, otros simplemente habían escapado de los horrores de donde venían y el país les había abierto las puertas en una época cuando la inmigración no era un problema grave en Europa.

Tal era el caso de Bella y Federico, quienes llegaron a Londres luego de que sus padres murieran accidentalmente al explotar un coche bomba en el centro de Buenos Aires por la guerrilla en la época de los 70. Este tema casi nunca se tocaba pues para los dos sus padres eran sus tíos y no había razón para reavivar viejas heridas.

Al contar con 7 y 5 años de edad respectivamente, los niños absorbieron la cultura y la mentalidad inglesa con rapidez, sin dejar de hablar su idioma materno en la intimidad de su hogar.

Restablecida la democracia en Argentina, viajaban anualmente a visitar a sus abuelos y a sus familiares. Estos siempre supieron que lo mejor para sanar el pasado es perdonar y liberar a las personas de nuestro rencor. Y con este mensaje, animaron a sus nietos a mirar a su futuro. Fallecidos estos, dejaron de viajar tan asiduamente aunque conocieron a muchos argentinos en Londres, con los cuales se reunían asiduamente.

Pasado el mediodía, Carmen y Ana Belén tocaron la puerta de la habitación donde dormía Bella.

–*Come in*!11 –contestó una voz que sonaba dormida.

–¡Buenas tardes! Queríamos saber si tienes hambre.

–No, gracias.

–Bueno, en ese caso tengo algunos mandados para hacer. Pero igualmente hay comida en la refrigeradora, por si cambias de parecer –dijo su tía.

En ese momento las primas se quedaron solas y Ana Belén le mostró triunfante un manojo de llaves sacudiéndolas para que se escuchara el tilín-tilín.

La primera que atacó con comentarios, para así poder evitar la devolución del favor, fue Bella.

–Tengo que irme urgente a enviar la propuesta –dijo levantándose.

–*Not that fast!*12 –respondió su prima. Ana Belén adoraba a su prima, pero era un manojo de egoísmo.

–Pues ¿qué sucede?

–Todavía no te he dicho qué favor necesito…

–Ok. ¡Fuera! –dijo con un gesto con la mano–. ¡Dilo de una vez, así me podré ir!

–La verdad es que no lo sé, pero ya se me va a ocurrir algo divertido… –le contestó con risitas.

–Quisiera saber qué has hecho para sacarle las llaves a mi hermano…

–Ah, nada especial, solo le dije que en mi casamiento lo sentaría en la mesa junto a la hija de Sofía si no me entregaba las llaves. ¡Fueron palabras mágicas!

---

11 ¡Adelante!

12 ¡No tan rápido!

Ambas se rieron a coro.

Bella hizo un ademán de despedida y en ese momento su prima la detuvo sosteniéndole el brazo.

—Prima, por favor, ¡ten cuidado y no te esfuerces demasiado!

—No te preocupes, el trabajo ya está terminado, solo tengo que enviar la licitación por correo y esperar. Aun si gano, tendré que empezar a trabajar recién en seis meses, así que espero para esa fecha estar ya curada definitivamente. Por la tarde te devolveré las llaves, para no levantar sospechas. Mientras tanto, tendré que buscar a una secretaria que reciba la correspondencia y atienda los llamados durante mi ausencia.

La tranquilizó con unas palmaditas en el hombro y, al bajar las escaleras, iba a tomar la chaquetea para salir, pero cambió de parecer, pasando antes por la cocina para picar algo. Tenía ganas de comer algo de comida chatarra.

++++++++++++++++++++++++++++++++++

Su tía Carmen preparó la cena y dispuso los platos para cinco, como era costumbre los miércoles. Todos estaban puntualmente en la mesa, solo faltaba su hijo Eugenio, quien residía en Milán desde hacía tres años.

Bella había llegado con suficiente antelación como para devolverle las llaves a su prima y también para ayudar a su tía con la cena.

Su tío Alberto había dejado a alguien encargado de terminar de controlar un edificio.

Pronto ampliarían el negocio, administrando edificios, mudando oficinas y encargándose de la decoración de oficinas. Pero los miércoles eran sagrados para la familia.

Ana Belén solo pensaba en que, si comía, el vestido le quedaría mal. Por eso solo espiaba las bandejas con verduras para poder adelantarse y llenar su plato solo con eso.

—*Healthy food*[13] —dijo en voz alta.

Mientras la familia discutía sobre la silueta de esta última, Federico irrumpió como un tornado por la puerta.

—Lamentablemente ser abogado hoy en día ya no rinde —dijo entre risitas arrimando el plato para servirse ensalada—. Cada día se trabaja más y se gana menos.

Bella, indignada, levantando su mano, le pegó en la nuca y le dijo:

—¿Cuánto menos? ¿Un millón?

—Auch —se quejó su hermano—. ¿Por qué me golpeas?

—¡Por irrespetuoso! —le contestó su hermana—. ¡Tú sí que podrías tomarte un año sabático sin temor a quedar en la calle!

—Bueno niños —los regañó su tía—, comamos en paz, ¡no discutamos en la mesa!

—Bueno, Carmen, ¿has podido ubicar a Mercedes? —le preguntó su tío Alberto.

—Sí, finalmente la he encontrado. Resulta que su hijo ha estado enfermo y tiene que llevarlo al hospital para algunas revisiones de rutina. No pudo llamar pues no tenía buena señal en el hospital. Y después tuvo tantas cosas que hacer que se olvidó de enviarnos un texto.

—¡Qué raro! —contestaron los más jóvenes—. Hoy nadie tiene ya excusa para no comunicarse.

Carmen prefirió dejar pasar el comentario, que aunque era cierto. Los muchachos no eran aun padres y jamás podrían entender semejante angustia.

---

[13] Comida saludable.

—Tendremos que buscar a alguien que pueda trabajar algunas horas y al que podamos llamar con poca anticipación. Es más, alguien que solo limpie la oficina del CEO, eso es lo más importante. —Hizo una pausa y preguntó al aire—: Pero ¿a quién? Es sabido que Mark se queda trabajando hasta tarde, cuando no llega de madrugada… ¿A quién enviaremos?

—Ya conoces lo quisquilloso y desconfiado que es Mark con sus cosas y que seguramente preferiría que no limpiemos hasta que vuelva Mercedes…

—¿Cuántas horas por día tendría que trabajar? ¿Y cuáles serían las tareas? —preguntó Bella.

—Lo que tome pasar la aspiradora de su oficina y limpiar el polvo de su escritorio —le contestó su tía—. Pero ¿quién iría por menos de una hora? A menos que revisemos la hoja de ruta de alguno de los muchachos…

—Primero tendría que pasar por el escáner de Mark, si le inspira confianza o no… —contestó Alberto.

—Creo que tengo a la persona correcta para ustedes —dijo Bella.

—¿Quién? —preguntaron todos a coro.

—Conozco a una persona que no está en el rubro, pero que es muy rápida para aprender, súper ordenada y pulcra. No puede hacer grandes esfuerzos físicos, pero es muy prolija.

—Bueno eso no es problema, la compañía financiera donde Mercedes limpia no nos da mucho trabajo. Después de todo, es Rubén quien hace la limpieza profunda todos los días y los fines de semana. Solo la necesitaríamos para Mark.

»Pásame su teléfono, no habrá problema. ¿Cómo se llama? —le preguntó su tía.

—Bella, se llama —le contestó su sobrina, llevándose un bocado a su boca como para hacer un comercial de televisión.

Automáticamente todos dejaron de comer y miraron en su dirección.

—¿Estás segura de lo que estás diciendo? –le preguntó su tío Alberto.

—Pero ¿por qué me miran así, como si hubiera dicho que soy una asesina? ¿Es que no creen que pueda limpiar una oficina? Y si no sé limpiar profesionalmente, ¡pues aprenderé! –aseguró Bella–. Y deja de reírte –amenazó, mirando al comensal sentado a su lado–, ¡si no quieres otra muestra de lo que soy capaz! –le espetó a su hermano.

—Bueno, bueno –dijo su tía–, que viene el postre y los quiero a todos felices, pues ¡las niñas se van en dos meses a Milán! ¡Bravo! –Aplaudieron todos.

—¡Que no vuelvan pronto! –deseó el benjamín de la familia, levantando su copa, brindando.

—¡Brindo por la hija de Sofía, Julieta, quien se va a sentar al lado de Federico en mi boda! –replicó su prima.

—Por Julieta –aclamaron los cuatro, riendo, ante un Federico atónito.

++
+++++++++++++++++

—Bueno, tía, ¡dime, por favor, cuándo debo ir a limpiar la oficina del copetudo! –le dijo riendo al teléfono Bella.

—¿Estás segura de que quieres hacerlo? –le preguntó su tía.

—Si no lo estuviera, ¡no estaría perdiendo el tiempo hablando del tema, Carmen! –contestó con un resoplido Bella.

—¡Más respeto, señorita! –ordenó su tía.

—*Sorry!* Es que no pude dormir bien anoche, y realmente no sé qué hacer. Estoy cansada, pero también necesito hacer algo porque, si no, ¡me volveré loca! —se disculpó Bella.

—Estuve pensando, Bella, creo que tal vez podría enviar a alguien junto contigo para que limpie la oficina de Mark... —le confesó Carmen.

—Gracias, tía, pero no necesito de curador alguno —contestó Bella—. O me das ese trabajo a mi solita o *no deal!*[14]

—Pero, Bella, ¡no estás en condiciones de conducir! ¿Cómo vas a llegar a la oficina en Paddington? —le preguntó su tía.

—¡Tomaré un taxi de ida y el *tube*[15] de vuelta! —contestó entusiasmada Bella.

—¡Suena hasta ridículo! Ir a limpiar por menos de una hora e ir en taxi... porque no te dejaré ir en *tube*.

—Tía, ¿es o no es el copetudo tu mejor cliente?

—Es uno de los mejores. Gracias a él hemos podido conseguir otras empresas importantes.

—Bueno, entonces vale la pena pagar un taxi. No se opondrá a que tu sobrina limpie su oficina. Sería una afrenta. Pero, si te parece muy caro, podría ir día por medio... ¿Qué te parece?

—Está bien, haré una excepción y probaremos unos días, pero ¡al menor síntoma de cansancio, me devuelves la llave! —amenazó Carmen—. Te paso con Ana Belén ahora.

—*Deal!*

—Hola, Bella —la saludó su prima—. ¡Tenemos los tiques! ¿Adivina quién nos encontrará en Milán? ¡¡Mi hermanito Eugenio!! —respondió Ana Belén.

---

14 No hay trato.

15 Subterráneo.

–¡Genial! ¿Cuándo nos vamos? –preguntó Bella.

–El próximo sábado… es decir, ¡en tres semanas! ¡Ah! Dice mamá que durante tu ausencia mandará a alguien a limpiar la oficina de Paddington –contestó Ana.

–Tanto lío y resulta que limpiaré la oficina cuatro veces como máximo.

–Yo que tú, voy menos. Entiendo tu afán por ayudar, pero tienes que estar bien para el viaje.

–Bueno mándame un *e-mail* con el *e-ticket*… ¡Ah! Casi me olvidaba, pásame a buscar el sábado, ¿ok? *See you*![16] –se despidió Bella.

++
+++++++++++++++++

Otra vez con cita para ver a su doctor…

–¡Ojalá que esto se termine pronto! –rogó Bella.

–*To my office!* –le gritó el gigante de blanco desde su oficina.

"Me pregunto si no será él quien debe tomarse un sabático", pensó Bella.

–Bueno, te tomamos las muestras de sangre nuevamente para controlar cómo te encuentras. Tienes los niveles de azúcar un poco bajos, y realmente creo que necesitas vacaciones, tal vez deberías irte fuera de la ciudad algunos días. A tu regreso te daré un turno y deberás concurrir al hospital para hacerte un control de sueño.

–¿Control de sueño? –preguntó Bella.

–Se trata de un estudio que debe hacerse mientras duermes –le explicó su doctor–. Estudiamos cómo lo haces, si te relajas o

---

[16] ¡Nos vemos!

no, y específicamente si llegas a todas las fases del sueño. Verás, todos podemos dormir, pero no todos podemos relajarnos como un bebé mientras dormimos.

Levantándose, acompañó a su paciente a la puerta.

—Cuando vuelvas de Milán, te daré un turno en el hospital

—¿Y usted cómo sabe a dónde voy a viajar? —preguntó Bella enfurecida.

—*Big Brother is always watching you*![17] —le contestó el doctor cerrando la puerta tras de sí.

—¡Mejor me voy a hacer mis maletas o mataré a alguien! —se consoló Bella pegando un portazo.

Una vez terminadas las maletas, envió un mail a la agencia de empleos para confirmar la búsqueda de una secretaria. Escribió: "Solo necesito alguien que atienda los llamados y que responda los e-mails durante mi ausencia. No hay nada que hacer, solo abrir las cartas y separar la correspondencia. Mi hermano, el abogado Federico, pasará casi todas las tardes para verificar que todo se encuentre en orden. Es muy importante que pueda empezar ya, no importa si quiere trabajar part-time, mucho mejor. Si es la candidata ideal, contrátenla. Muchas gracias. Estaré fuera del país durante tres semanas. Por favor, comunicarse con el Sr. Federico Martínez al teléfono 564311".

"¡Qué bueno que mi hermano es abogado!" fue su último pensamiento antes de dormirse.

---

[17] ¡Gran Hermano siempre te está observando!

CAPÍTULO 3 - MILÁN

Se miró en el espejo y se sorprendió de su figura. Aunque había engordado un poco, debido a las atenciones de su familia, que prácticamente la obligaban a comer sentada en una mesa a diario, la imagen que reflejaba el espejo... mejor dicho, del vestido que le marcaba y le hacía esa figura.

—Pero ¿qué estoy pensando? ¡Si tengo un cuerpo normal y hasta me había olvidado de que soy bonita! —se dijo mientras daba vueltas para admirar el vestido.

Y con un solo resoplido levantó todo su flequillo. Sí, para Bella resultaba embarazoso comprar un vestido tan caro. Era el vestido de sus sueños. Verde, azul, amarillo... Bueno, si se lo describía alguien que no viera el vestido, la persona podría suponer que estaba buscando un lugar en una comparsa de carnaval latinoamericano. Pero quien hubiera ideado este vestido sabía que, al coser las piedras y bordar el vestido dejando que las transparencias sugirieran sus formas, el modisto había pensado en todo sin sobrecargar, y sí, era alta costura. De pronto, sus pensamientos fueron interrumpidos por el modisto Valente en persona.

—*Veramente lei è carina!*[18] —le dijo mientras le entallaban el vestido las asistentes.

---

[18] ¡Realmente es hermosa!

—*Grazie mille ma è anche veramente caro*![19] —replicó sarcástica-mente Bella.

Valente no se inmutó, pues Ana Belén lo había puesto so-breaviso de cómo era su prima.

—*Non preoccuparti, bambina, i tuoi zii sono quelli che pagano*[20] —le susurró por lo bajo.

—¡Bella —le gritó Ana Belén—, no arruines mi ilusión con comentarios tan negativos! ¡Es mi casamiento y esta ocasión amerita tirar la casa por la ventana!

Bella levantó tímidamente su vestido y condujo amable-mente a su prima a un rincón para servirle un refresco, mien-tras le susurraba:

—Todo está muy lindo, pero ¿cómo lo voy a pagar? ¡Y los otros vestidos que me obligaste a probarme! ¡No te olvides de que momentáneamente no trabajo!

Ana Belén la miró sorprendida y luego con una risita com-placiente le dijo:

—No te preocupes, ¡haremos una sola cuenta!

Y luego, corriéndola de su camino de una sola vez, dijo:

—¡Valente! ¡Valente! *Prendiamo tutti e li portiamo a casa.*

—*Benissimo.*

Valente hizo un gesto y al instante sus asistentes condujeron a una Bella al borde de un ataque de nervios y a una Ana Belén triunfante una vez más a los probadores.

Mientras subían a la limusina alquilada por Ana Belén, Be-lla se prometió a sí misma pagarle el vestido a su prima, her-mana y amiga. Después de todo, si alguien iba a pagar la cuen-

---

[19] Muchas gracias pero sinceramente también es caro

[20] No te preocupes, chica, tus tíos son los que pagan.

ta, era su prometido y no era justo que Francis, el bueno de Francis, pagara los platos rotos de su *burn out*.

Y, sobre todo, los caprichos de su futura esposa para con su familia.

++++++++++++++++++++++++++++++++++++

Se levantaron cerca del mediodía, pidieron un desayuno frugal en su habitación y luego pidieron que su limusina estuviera lista.

—¿Cuál será el itinerario de hoy? —preguntó Bella—. Te aviso que estoy comiendo muchísimo todos los días. Si sigo así, volveré con unos cuantos kilos de más.

—*Surprise, surprise.*[21]

El chofer de las muchachas condujo alrededor de 20 minutos por la autopista hasta que tomó una salida y el coche se adentró por una calle privada durante unos 10 minutos, luego detuvo su marcha para dar tiempo a que unas compuertas de hierro se abrieran.

—Ya llegamos. —La interrumpió de sus pensamientos Ana Belén—. Aquí viviremos con Francis mientras preparamos nuestra casa en la afueras de Londres —informó mientras el coche se adentraba en el camino rodeado de jardines y giraba a la izquierda para llegar a destino.

El chofer que las conducía abrió la puerta del lado de Bella y, al ayudarla a bajar del auto, casi tropieza con este porque no podía creer lo que le decían sus ojos. Eran más de veinte escalones para llegar hacia la puerta de entrada.

---

[21] Sorpresa, sorpresa.

—¡¡Es un palacete!! —exclamó con una mezcla de asombro y alegría—. ¿Es renancentista? —le preguntó a su prima.

Esta asintió y le dijo:

—¡Entremos! —Se entusiasmó Ana Belén, tomándola del brazo—. ¿No es como un cuento de hadas? —le preguntó a Bella sin esperar respuesta—. Vivir en Milán mientras terminan nuestra casa en Londres… Y todo porque Francis tiene clientes aquí, que necesitan su atención las 24 horas.

—Y ¿por qué estamos hospedadas en un hotel si puedes vivir aquí?

—Estuvieron arreglando todo hasta ayer mismo. Me avisaron por teléfono de que ya no había más polvo y que se podía habitar —se disculpó.

—Creo que aquí sí podría relajarme un poco… —confesó mirando los frescos del techo, enamorada por la majestuosidad que imponía desde arriba.

—Mira, vamos a tomar algo en la cocina. Es que si te pasa algo, no me lo perdonaré mientras viva… —dijo.

—Pero ¿vive alguien normalmente aquí? —preguntó sorprendida Bella.

—No todavía, pero tenemos un ama de llaves que trabajará a tiempo completo en cuanto nos instalemos. Hoy le pedí que viniera mas tarde, porque quería compartir este momento solo contigo, primita de mi corazón. —La abrazaba mientras se lo decía—. Por el momento, solo monitorea que todo esté limpio y espera a que nuestro mayordomo llegue.

—¿Ya han contratado a un mayordomo? —preguntó Bella sorprendida.

—Pues sí, esa fue mi prioridad, tener a alguien que dirija las tareas de la casa.

"Wow", pensó Bella.

Ana Belén, que conocía muy bien a su prima, le dijo mientras metía su cabeza en la taza de té:

—Siempre soñé con tener uno y la familia de mi prometido lo tiene, así que…

—¡Eres tremenda! —exclamó Bella. Y mirando para un costado suspiró.

—Chica, ¡pero qué suspiro!

"Muy lindo", pensó Bella, sin prestar ya más atención a la majestuosidad del edificio.

—¿Hemos ya terminado con tu ajuar? —le dijo con gesto cansado.

Su prima la observó con gesto preocupado. Tal vez había sido demasiado esfuerzo para Bella pedirle que la acompañara a comprar su ajuar a Milán después de todo.

Luego de estar sentadas un rato, ambas muchachas recuperaron fuerzas y fue su prima quien la invito a recorrer escaleras arriba la casa. Bella seguía admirando cada habitación y cada nuevo fresco.

De solo pensar en que tendría que volver a Londres a su antigua vida, mejor dicho, a su nueva rutina, hizo que sintiera como si un nuevo desafío envolviera su alma y al mismo tiempo un halo de incertidumbre tiñera su visión de gris, a pesar del sol resplandeciente de Milán. Pero, a pesar de todo, tenía que volver y enfrentar la vida… y a su doctor. Pero eso podría esperar un poco más. Volvió con sus pensamientos a Italia.

—Quiero quedarme unos días más en Milán —le dijo Bella a su prima—. Necesito descansar un poco —casi se excusó.

—No tienes nada que explicar, primita. Los proveedores que quedan pueden venir al hotel o nos podemos encontrar en el lobby del hotel o en algún café, pero sin ningún horario fijo que te exija levantarte a una hora que no quieras. Y si no quisieras acompañarme, ¡no hay problema!

—En realidad, me encantaría quedarme aquí…

—Entonces que no se hable más. Nos mudamos hoy mismo.

—Gracias. Pero también quiero ser parte de tu momento mágico, pues uno no se casa todos los días. Así que o vienen aquí o vamos nosotras –le dijo.

—Bueno, eso lo veremos mañana. Hasta ahora has hecho más que bien tu papel de súper hermana –interrumpió Ana Belén.

—Volvamos al hotel, entonces –rogó Bella.

—¿Qué te parece si tú te quedas aquí, y nosotras con mi ama de llaves vamos a buscar todas nuestras cosas?

—Me parece mucho pedir…

—Que no se diga más. Déjame mostrarte tu habitación antes de que partamos.

—Al hotel, pues –ordenó Ana, junto a su ama de llaves, al chofer de la limusina.

Al día siguiente, el chofer las dejó en el centro de Milán nuevamente y se dirigieron caminando hasta la Galleria. Reían y cotorreaban como niñas, pero Bella sentía una extraña presencia a su espalda y, cuando giraba sobre sus talones para mirar, no encontraba a nadie conocido, solo turistas asiáticos y sus cámaras. Cruzaron y se dirigieron hasta el Teatro alla Scala para comprar unas entradas para la función del día siguiente.

—Dos entradas para *Traviata* –pidió Ana Belén.

—No hay más entradas, están todas agotadas –le respondió el boletero.

—¡Por favor! ¡Fíjese otra vez! ¡No importa el precio! –le dijo Ana Belén.

—¡¡Este es el Teatro alla Scala de Milán!! ¡Tienen que venir con anticipación! —le respondió el hombre a los gritos, moviendo las manos.

Ana Belén no pudo con su genio y le mostró su lengua no sin antes llamarlo "*Pazzo*!!".[22] Y tomando de la mano a su prima salieron corriendo.

El boletero salió inmediatamente de su boletería y le contestó:

—¡No aparezcan nunca más por aquí!

Una figura alta se acercó a este personaje y, al darse la vuelta para mirarlo, se sorprendió de alegría y gritó:

—*Signore Fernández, piaccere di vederla*![23]

—El placer es mío —contestó el misterioso señor—. ¿Quiénes son esas chiquillas que salieron corriendo?

—Son unas irrespetuosas que no entrarán nunca por este hall mientras yo trabaje aquí.

—¿Tiene mis entradas como le pedí?

El boletero muy servicial volvió a su garita como un rayo.

—Aquí tiene. Dos boletos más junto a su asiento de abonado en el palco de siempre.

El señor Fernández hizo una mueca divertida y tomándolo por el hombro le dijo:

—¡Hasta mañana!

—Un placer, como siempre.

Ana Belén y Bella corrieron otra vez por la Galleria, como dos niñas hasta que se toparon nuevamente con una turba de turistas japoneses y sus trípodes.

---

[22] ¡Loco!

[23] Encantado de verlo, señor Fernández.

—Bueno, se acabó la corrida –dijo Bella.

Siguieron mirando vidrieras y, cuando Bella levantó la vista, pudo ver desde la vidriera del negocio que alguien la estaba observando nuevamente. Se dio la vuelta y no vio a nadie. Sentadas en un café frente al Duomo, Bella no paraba de sentir una presencia tras de sí. Hasta que no pudo más y le confesó a su prima:

—Tenemos un loco persiguiéndonos desde la mañana. Levantémonos y corramos al toilette –le ordenó en tono apremiante.

—Sí, lo estoy viendo ahora mismo –confesó su prima Ana Belén con cara seria.

Bella levantó su vista y sus ojos se encontraron con los del Señor Fernández.

—¡¡Primito!! –exclamó Bella.

—¿Pensaban que se iban a librar de mí estando en Milán? –preguntó Eugenio amenazante.

—*No way*!!24 –contestaron a coro.

—¿Se puede saber dónde te habías metido, Eugenio? –le preguntó Bella–. Con esto de mi *burn out*, porque estoy segura de que tu mamá te lo ha contado, me olvidé de ti por completo. Y tu mala hermana tampoco hizo mención alguna de ti durante todo este tiempo –concluyó con tono burlón.

—Bueno, es que estuve de viaje y llegué ayer. Hoy por la mañana quise darles una sorpresa por eso no las llamé y fui a vuestro hotel, pero no me dieron paradero de ustedes, aunque sí el teléfono del chofer. Así que estaba por ir a visitarlas a la mansión cuando las vi en la Galleria…

—¿Y se puede saber por qué nos vienes espiando en lugar de saludarnos directamente? –preguntó su hermana

---

24 ¡De ninguna manera!

—Recibí un llamado de un cliente y tuve que concentrarme para hablar con él, así que tuve que salir por los laterales de la Galleria donde hubiera menos gente.

—¡Y yo que pensaba que era *workaholic*[25]! —exclamó Bella.

—¡Me debo a mis clientes!

—¡Pero si nadie te entiende más que yo, Eugenio! ¡Me han quitado la llave de mi oficina!

—Escuché esa historia… Mi más sentido pésame… —Rió burlón.

—Bueno, pero cuéntame cómo te está yendo desde que dejaste el banco donde trabajaste tanto tiempo. ¿Te arrepientes o qué?

—Fue lo mejor que he hecho. Tengo que estar a disposición de mis clientes las 24 horas, los siete días de la semana, pero el patrón soy yo. Además, no estoy tan separado de mis antiguos jefes anteriores en otros bancos ni he cortado relación totalmente con el último banco donde trabajé, porque tengo en cartera sus productos para algunos de mis clientes. De hecho, tengo que ir a Londres muy pronto a encontrarme con un amigo que quiere que le presente a mis contactos.

—Los dos están compitiendo cabeza a cabeza para ver quién de los dos es el mejor alumno. ¡Es difícil decidirse! —dijo Ana Belén interrumpiendo sarcástica.

—Más bien todo lo contrario… No me parece que me esté hablando de trabajo, más bien me suena a que me quiere presentar a su amigo.

—Bueno, la verdad hace muy bien. Estás muy sola, prima…

—No tengo tiempo para el amor…

---

[25] Adicta al trabajo.

Los dos hermanos se miraron negando con la cabeza en señal de reprobación.

–Bueno, terminen con sus cafés que tienen que volver al palacete a cambiarse. –Rio con sorna.

Las dos primas se miraron sorprendidas y preguntaron:

–¿A cambiarnos?

–Sí. Hoy hay una gala en la ópera y quiero que vengan conmigo. Tengo el mejor palco.

Las dos gritaron de júbilo, pagaron y salieron a buscar al chofer.

Esa noche Bella estrenó uno de los vestidos que su prima le compró a escondidas en Versace. Ana Belén por su parte hizo lo mismo. Eran dos bellezas que iban cogidas de cada lado del brazo de un esbelto y bello Eugenio, quienes hicieron su entrada triunfal en limousine.

–Parece más un *latin lover*[26] de telenovela que mi primo. –Rio orgullosa.

La gente los observaba mientras entraban; Ana Belén se divertía por la mirada tipo escáner de las mujeres: de arriba hacia abajo.

Saludaron a los compañeros de palco y, una vez sentados en el palco, los tres sonrieron como niños, pues amaban la ópera.

–¿Vienes siempre aquí? –preguntó Bella.

–¡Es un melómano sin cura! –Rio Ana Belén.

–Dicen que esta soprano promete –comentó Eugenio–. Es su debut en Milán.

–¿Cómo se llama? –preguntó Ana Belén, curiosa.

---

[26] Amante latino.

—Dice aquí que se llama Isabel Durán —contestó su prima mirando la revista de la gala.

—Ah, sí, tienes razón. Mira, ¡aquí dice también en su biografía que es argentina! —exclamó Bella.

—¡Wow! —exclamó Eugenio mirando más de cerca la foto de la soprano—. ¡Qué bueno que vinimos! ¡Si la foto no está mejorada en Photoshop, entonces es hermosa esta mujer!

—Me parece que alguien se está enamorando… —Rio su hermana.

—*He is not his only admirer…*[27] —dijo un hombre que recién había llegado al palco de Eugenio.

—Eugenio Fernández. —Se presentó estrechando la mano derecha para romper el hielo.

—Alistair Addington. —Saludó serio.

—Esta es mi hermana Ana Belén y mi prima Bella.

—Mucho gusto… —dijo con un tono muy cortés.

Los aplausos del público hicieron que ese comentario pasara al olvido. El director de orquesta había entrado a la sala. Las puertas del palco fueron cerradas por empleados vestidos de frac. Las luces se apagaron. La función de la ópera *Traviata* estaba por comenzar.

Al salir de la ópera, Eugenio les dijo:

—¡Qué noche tan peculiar! ¿Qué le habrá sucedido a la soprano que no ha podido salir a saludar luego de la obra?

—La gente abucheaba como loca… —dijo Ana Belén.

—Tendremos algo pintoresco para contar, además de decir que estuvimos haciendo compras —agregó Bella.

---

[27] No es el único admirador.

–¿Tienen hambre? –preguntó Eugenio–. Solo hay un lugar donde se come mejor que en Milán: en las afueras de Milán.

Caminaron en dirección a donde estaba esperándolos el chofer con la limusina.

–¡¡Esta veda de tráfico en el centro me mata los pies!! –chilló Ana Belén. Habían caminado 600 metros.

–Bueno, no te quejes. *You should have brought sensible shoes*!![28] –dijo su hermano.

---

[28] ¡Tendrías que haber traído zapatos más cómodos!

Capítulo 4 - Mark

Luego de estacionar el auto en el lugar indicado para visitantes, Federico ayudó a su hermana y su maleta a salir del auto.

—¿Estás segura de que no quieres que te acompañe a la recepción? —le preguntó Federico.

—No, hermanito, todo va a estar bien. Ya bastante con hacer de chofer, trayéndome hasta el hospital —le agradeció.

Alguien del hospital salió a recibirlos apenas cruzaron el umbral del estacionamiento.

—Bienvenidos, por aquí, por favor. Solo hacemos esto porque la envía el doctor Goody —le dijo el enfermero para remarcar su no ansia de ser amable.

—Bueno, entonces ¡será hasta mañana, pues! —Se despidió con un beso de su hermana.

—*See u later, alligator!* —contestó.

—*After a while, crocodile!*[29]

Cruzando el umbral de la recepción del hospital Bella pensó: "¿Cuántos doctores estarán conmigo? ¿Se dormirán también? ¿Quién controlará la máquina del sueño?", y rio para sí.

---

[29] Manera de decir hasta luego a los niños, usando palabras que riman

Llegó a la recepción y le acercaron un formulario. Luego de completarlo, lo devolvió y una enfermera apareció de la nada.

—Soy la enfermera encargada del estudio, acompáñeme por favor. Tendrá que cambiarse ahora mismo.

En la habitación, otra enfermera le colocó los electrodos por todo su cuerpo para comenzar el monitoreo.

"Me siento como en la camilla eléctrica. Solo falta que bajen la palanca de electricidad y ¡zas!", pensó Bella.

—Vamos a registrarte en video –le informó el doctor encargado del estudio–, así que te ruego que seas una niña buena y te duermas sin chistar.

—No hay problema –dijo Bella–. Yo cobro £200 la hora, doc. Y si duermo 8 horas, eso hace la suma de…

—Nos vemos mañana –le dijo el médico guiñándole el ojo.

—Buenos días, Bella –la saludó el doctor–. Te felicito, dormiste toda la noche. Enviaremos esta tarde los resultados al doctor Goody. No olvides pasar por la cafetería antes de irte. Nada de irse con el estómago vacío –amenazó el doctor–. Son órdenes de tu médico de cabecera.

"No hay nada mejor que un rostro amigable al salir del hospital", pensó.

—Gracias por buscarme, tía. –La saludó Bella entrando al auto.

—De nada. ¿Qué quieres hacer? ¿Ir a tu casa o quedarte en la nuestra?

—Creo que quiero ir a dormir a mi camita hoy, pero tendré que empezar a preparar mi maleta lo más pronto posible, quiero pasar una temporada con ustedes.

—¡Muy bien! A tu casa y no se hable más. Y ¿para cuándo estarán los resultados?

—Ya los debe tener a esta hora Goody, solo tengo que llamar hoy para que haga un hueco en su agenda de mañana —informó Bella.

Como siempre, el florero de la sala de espera de un hospital está exactamente donde tiene que estar: delante de la cara de la recepcionista.

—Tengo una cita con el doctor Goody. —Saludó Bella buscando ver al ser humano detrás de los tallos de las flores.

—Tome asiento. El doctor enseguida la atenderá —dijo la enfermera apuntando a una silla con un lápiz.

Quince minutos después, la voz del doctor la llamó:

—Bella, pasa, por favor. ¿Cómo te has sentido últimamente?

—A veces más cansada… otras menos…

—Recibí los resultados y efectivamente, como suponía, ese cansancio que sientes se debe a que no llegas a la fase de descanso o sueño total. Por eso es muy importante que sigas al pie de la letra mis indicaciones —explicó.

—Lo que usted diga, doc.

—Tendrás que pedir un turno con un terapeuta y quiero que concurras dos veces por semana.

—¿Dos veces no es mucho?

El doctor ignoró su comentario y prosiguió:

—Me dijeron que vas a comenzar una tarea diaria de menos de una hora, la cual no te insumirá mucho esfuerzo físico. Está bien, pero si llegas a sentir alguna molestia, la suspenderás inmediatamente. No debes imponerte ninguna actividad que no sea la de sentirte bien y tranquila. Aquí tienes un indicativo de los pasos a seguir. Veme el mes que entra.

Se levantó el doctor y la acompañó a la puerta.

—¡Ah! Casi me olvidaba: quiero que escribas en un diario lo que comes, porque necesitas comer sanamente sin saltearte las comidas —le dijo.

—Muy bien. El mes entrante conocerá mis más profundos secretos —le dijo Bella.

Casi había llegado a la puerta de salida, cuando Bella se dio vuelta como dándose cuenta de algo y exclamó:

—¡¿Cómo hace para enterarse de todos mis planes?! ¡¡¡Tía Carmen!!! ¡¡¡Taxi!!! —gritó.

Desde fuera de la casa de su tía se podía escuchar el llanto.

—¿Qué paso? —preguntó Bella entrando a la casa de su tía.

—Es que tienen una rencilla de enamorados —explicó su tío—. Nada grave…

—¿¿Qué?? ¿¿Nada qué?? ¿¿Grave?? ¡Pero si no me caso! ¡Que se vaya y se case con su exnovia! ¿Te das cuenta, Bella? ¡¡Quiere invitar a esa vieja!! ¡Su pareja durante cinco años! —explicaba corriendo a su habitación a los gritos su prima cerrando la puerta tras de sí.

—¿Puedo pasar, Ana Belén? —preguntó su prima.

—Sí, pero cierra la puerta. ¿Qué voy a hacer? ¡La quiere invitar! ¡Cómo se atreve! —exclamó sonándose la nariz.

—¿Por qué? ¿Quedaron amigos después de la ruptura?

—Francis dice que sus padres son amigos de los suyos. Y que se conocen desde siempre. ¡Pero es que siento que esa mujer está todo el tiempo respirándome en la nuca! ¿Por qué a mí? –exclamó.

—No deberías sentir celos, Francis te quiere solo a ti. De eso no hay duda. Dile que lleve a un amigo si quiere. Por favor, Anita, él se casa contigo después de solo nueve meses de noviazgo y una cuenta enorme del *couturier* Valente. Si eso no es amor… –Rio con sorna.

—¿Y si la tipa todavía siente algo por Francis?… –preguntó Ana Belén.

—Pues el día de tu boda se lo tendrá que tragar. Tendrá que ver cómo bailan juntos, cómo brindan, cómo todos les desean lo mejor. Y si sus padres son amigos de tus futuros suegros, demuéstrales cuán amplia de mente eres que respetas las amistades de la familia de tu futuro marido. Después de todo, si tan amigos son, es muy probable que te los cruces más de una vez al año.

—¡¡Pero no en mi boda!! ¡¡¡Es mía!!! ¡¡¡De nadie más!!! ¿De qué lado estás? –preguntó Ana enrojeciéndose.

—¡De tu lado, mujer! ¡Qué pregunta! Pero los hombres son más prácticos: las bodas son solo un trámite, una comida. A ver, ¿cuántas personas están invitadas? ¿200?

—No, ahora somos casi 400 –dijo Ana acercándole la lista.

—Bueno, ¡con más razón! ¡Por favor! ¿Tú crees que tendrá oportunidad de arruinarles la boda con tanta gente? No te preocupes más por esa mujer, después de todo estaremos allí todos nosotros, nada se nos pasara por alto. Además, soy tu dama de honor, estaré allí para protegerte –le dijo mientras la abrazaba.

»Será mejor que te laves la cara y que bajes, ya que pronto estará lista la cena. Te espero abajo, linda –le dijo mientras la palmeaba en la espalda.

Se dirigía hacia la puerta cuando se dio vuelta y le dijo:

–¡¡Y llámalo ahora mismo!! ¡Y dile cuánto lo amas! –Cerró la puerta con risitas.

Mientras bajaba las escaleras, Bella se dijo en voz inaudible:

–Si alguna vez mi prometido me hace esto a mí, ¡no vivirá para contarlo!

–Qué bueno que es saber que no te has recuperado de la locura de hablar contigo misma –dijo una voz socarrona–. Hubiera reclamado al hospital.

–¡Hermanito! –dijo Bella abrazándolo–. Debo estar tranquila, así que nada de darme disgustos. Solo muestras de cariño. Debes hacer todo lo que yo te diga. Por ejemplo: hay una vieja que fue la novia de Francis. Si tú ves algo sospechoso el día de la boda, me lo dices inmediatamente. ¿Entendido? –preguntó Bella.

–*Yes, sir!* –contestó haciendo el saludo militar–. Vigilaré a esa mujer, solo por el bienestar de Ana, te lo prometo.

–Fede, *please*! ¡No seas mujeriego! Y menos con una mujer que fue novia de Francis. En realidad –dijo corrigiéndose–, ¡no sé por qué te digo todo esto si finalmente harás lo que quieras!

–¡Todos a la mesa! –Se escuchó una voz–. ¿Dónde está Ana Belén? –preguntó Carmen.

–Ya baja, no te preocupes –le contestaron a coro los hermanos.

El timbre de la puerta sonó minutos más tarde, pero nadie se atrevió a abrir. Ana Belén corrió escaleras abajo y abrió sin mirar. Allí estaba su enamorado, con cara de cansado. La puerta de calle se cerró. Todos respiraron relajados y comenzaron a cenar sin Ana, aunque fuera el tradicional día miércoles.

Antes de terminar la velada su tía le alcanzó un manojo de llaves.

—Toma, estas pertenecen a la oficina de Paddington. Ni se te ocurra perderlas.

—¿A qué hora debo ir? —preguntó Bella.

—A las 6.30 de la mañana estará bien —contestó su tío—. ¿Segura de que no es muy temprano?

—Seguraaaa.

—En el subsuelo se encuentran los elementos de limpieza. No te mates porque mañana irá Esteban a limpiar a fondo —le recomendó su tío—. El personal de seguridad ya está avisado. Cada llave está identificada.

—Cualquier cosa, no dudes en llamarnos —intervino su tía.

—Wow, la princesa convertida en cenicienta —dijo Federico impostando su voz como si fuera un periodista—. Si quieres, puedes pasar a limpiar mi departamento, hermanita. Actualmente, la señora de limpieza recibe £7 por hora, pero por ser tú, te pagaré £3 porque no cuentas con experiencia —añadió con acento solidario.

—Tres son las bofetadas que recibirás si no te callas… A propósito, samaritano, llévame a mi casa —ordenó risueña.

—Hasta mañana, tíos. —Se despidió Bella, besando a cada uno.

—Un beso para mi bombón favorito —dijo Federico acercándose a su tía, despidiéndose también.

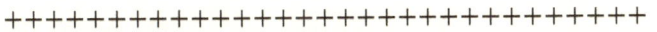

Cinco y veinticinco sonó el despertador, pero Bella ya estaba despierta desde hacía rato.

–¿Por qué estoy nerviosa? ¡Es mi primer día de trabajo! –se contestó–. ¡Pero la empresa es de mis tíos! –Rio–. No debería temer –se volvió a contestar.

Luego de ducharse pensó en qué ponerse, mientras calentaba agua para su té, abrió su agenda en el día de la fecha:

Ropa: Jean y zapatillas. Chequeado.

Peinado: Dos trenzas al mejor estilo Pocahontas. Chequeado.

Accesorios: Mochila, gorro y guantes para el frío primaveral. Nada de maquillaje. Llaves de la empresa: Sí. Chequeado.

Compañía de taxis: 9472010. Auto confirmado 6.05 en la puerta. Chequeado.

–Todo está perfecto. Muy buen día para empezar mi nueva actividad –se dijo.

El taxi la llevó hasta el edificio de Paddington. Ahora tendría que encontrar la llave que había puesto en su mochila antes de subir al auto.

–¿Por qué esta mochila tiene tantos compartimentos? ¿Por qué el viaje se hizo tan corto? ¿Por qué el taxi costó tanto? –se preguntó al borde un miniataque de nervios.

Finalmente, encontró la llave que abrió la puerta trasera del edificio. Saludó al guardia de seguridad y se presentó:

–Soy Bella Martínez y vengo a…

–Ya sé quién es usted, señorita –le contestó el hombre y moviendo su mano agregó–: Buena suerte en su primer día de trabajo.

–Ahora solo falta encontrar el subsuelo, mejor dicho, el gabinete con los artículos de limpieza. ¿Por qué estoy hablando todo el tiempo conmigo misma? –se volvió a preguntar.

Entrando al ascensor, se preguntó a sí misma por enésima vez:

—¿A qué piso tendré que ir? Se me ha olvidado y obviamente no voy a llamar nadie para preguntar... ¿Deberé ir puerta por puerta? Suerte que este edificio no tiene 60 pisos, si no, terminaría junto con Esteban el fin de semana o tal vez me encuentren muerta —se dijo.

Pasaron unos segundos y…

—¿Me parece a mí o estoy transpirando? ¡Ni siquiera empecé con mi tarea! ¿Dónde hay un baño? —se decía mientras buscaba la puerta correcta.

Por suerte para Bella la oficina del CEO se encontraba en el segundo piso.

—¿Cuál será la oficina del CEO? ¿Será esta que está abierta? —se preguntó dubitativa frenando el carro con los productos de limpieza.

Sin pensarlo más entró y comenzó a contemplar los cuadros de la habitación.

—Será mejor que no piense y que me ponga a limpiar el polvo del escritorio y a aspirar —se dijo mientras enchufaba la aspiradora.

Pasados unos minutos sintió como si estuviera siendo observada. Giró sobre sus pies y se encontró con un hombre sonriente que le dijo:

—Dime que no estoy soñando. ¡Dime que eres real! ¿Eres realmente tú, Mercedes? ¿Has adelgazado? ¡Tu cambio ha sido radical!

Bella enseguida pensó en su look ridículo de Pocahontas. Era el ideal para limpiar a la madrugada, no para encontrarse con otro ser humano.

—No, desafortunadamente no soy Mercedes, la señora que tan bien les limpia. Ella no estará en condiciones de venir a trabajar por un tiempo. Pero mientras tanto, yo la cubriré. ¿Tienes alguna queja? Sé que no tengo mucha experiencia limpiando, pero puedo aprender muy rápido —contestó Bella un poco mortificada.

—Perdón, ¿qué estabas diciendo? —preguntó el hombre concentrado solo en la belleza que tenía frente a sus ojos.

—Que si tienes alguna queja…

Como si no la hubiera escuchado, el hombre solo atinó a decir:

—No me has dicho tu nombre… y en lo que a mí respecta, puedes venir a visitarme… a limpiar mi oficina… Perdón, ¿cuál era tu nombre?

—¡Oh! ¡Perdón! No lo dije. Bella… Mi nombre es Bella.

—Hermoso nombre. Es italiano, ¿verdad? Hermoso país Italia. Hermoso nombre.

—¿Puedo hacerte una pregunta? Necesito saber…

—Josh.

—¿Qué?

—Josh es mi nombre.

Bella entró en dudas pues pensaba que el nombre del CEO era Mark, pero bien se habría confundido.

—¡Oh! ¡Josh! ¡Hola! ¿Eres el CEO?

—No. —Se rio—. Soy su PA.[30]

—Ah, muy bien. ¿Podrías decirme dónde se encuentra su oficina?

—Es la siguiente.

—¡Vaya! ¡Muchas gracias! ¡Adiós!

---

[30] PA: *Personal assistant*. Asistente personal.

Tomó todos sus cacharros de limpieza junto con la aspiradora sin desenchufarla. Cuando la extensión del cable no dio más, Bella se tropezó y junto con ella todos los cacharros.

—Perdón el lío, pero es que la muy cabrona no tuvo la delicadeza de desenchufarse sola —se excusó mirando a la aspiradora.

Josh muy amablemente buscó el interruptor y desenchufó la aspiradora.

"¡Qué vergüenza! —pensó Bella—. Es mi primer día de trabajo y empiezo a limpiar la oficina equivocada. ¡Suerte que este tipo no se quejó!".

—¿Tienes la llave de su oficina? —Escuchó una voz a sus espaldas.

—¡Uy! ¡Cierto! ¡La llave!… ¿Dónde está? Tengo manojo de llaves propiamente etiquetado, o al menos es lo que mi tía me dijo. —Empezó a buscar—. ¡Aquí está! —dijo triunfante—. Muchas gracias por tu ayuda.

Abrió la puerta y la cerro tras de sí.

"¡Hermoso país Italia!… ¡¿Cómo pude haber dicho eso?!", pensó Josh, tocándose la cabeza.

Bella ingresó a la oficina contigua.

—¡Ahora sí! Manos a la obra… ¿Qué hora es? —dijo mirando su reloj—. 6:55. Mi tía me dijo que la tarea duraría menos de una hora y yo todavía no empecé a limpiar la oficina correcta.

»Bueno, busquemos un enchufe —se dijo—. ¿Dónde hay un enchufe? —se preguntó buscando por todos los rincones sin éxito—. No hay enchufe. Empecemos mejor a limpiar el polvo con el plumero.

De repente el teléfono de la oficina donde estaba sonó y Bella casi saltó del susto. Dio media vuelta para descubrir que un sillón negro gigante podía hablar solo, porque no veía a nadie. Se asomó a un costado y luego al otro, y seguía sin ver a nadie.

Dio un paso…

—*Hello.*

—…

Luego dos…

—*I said, it's over*[31] —dijo el sillón.

—…

Retrocedió uno…

—*I saw you, both of you in front of my nose. So, don't you dare…*[32]

—…

Avanzó hasta llegar al escritorio…

—*It's over!!!*[33]

"Ahora el sillón puede gritar", pensó Bella.

—*Why Am I so weak? I am a CEO!!*[34] —gritó nuevamente el sillón.

Ahora el sillón era capaz de lanzar algo a la pared.

El sillón giró bruscamente 180 grados. Y se encontró con Pocahontas.

—Espero que no hayas escuchado la conversación, ¿cierto? ¿Por qué estoy formulando preguntas estúpidas? ¡Seguramente has escuchado! ¿No es cierto?

---

[31] Dije que esto estaba terminado.

[32] Los vi a los dos, enfrente de mi nariz. No te atrevas…

[33] ¡No va más!

[34] ¿Por qué soy tan débil? ¡Soy el presidente una empresa!

Pocahontas lo miró sonrojada sin poder emitir palabra. Su visión de hombre ideal en traje se hizo realidad... "¿Por qué diablos estoy vestida así?", se preguntó.

—¡Ah! Gracias a Dios, Alberto me envió alguien que no habla inglés... Debería otorgarle un aumento —se dijo a sí mismo en voz alta, seguro de que la muchacha no lo entendería.

Se puso de pie, la miró y le dijo:

—No te preocupes, te dejaré trabajar tranquila, niña.

"Why can't I speak?... Marry me! I have a degree!"[35], pensó Bella, mirando el plumero y luego al hombre elegante que se marchaba de la oficina.

De repente la puerta se abrió.

—¿Y ese ruido qué fue, Mark? ¿Te encuentras bien? —preguntó Josh.

—No, no estoy bien, pero lo estaré... He terminado con Larissa.

—He escuchado eso antes —dijo riendo.

—¡Esta vez es de verdad! ¡Esto se terminó!

—Pero ¿qué de esta noche? Seguramente, Larissa estará en la ceremonia...

—¡Oh! ¡Sí! Necesito alguien... a otra. Y ahora, ¿qué voy hacer? ¿Dónde encontraré a una dama para que me acompañe a una gala como esta con tan poco preaviso?

Josh le hizo una seña con la cabeza en dirección a Pocahontas. Mark abrió los ojos con desesperación y emitió un rotundo "No".

—¡Por favor! —dijo Josh—. Tengo un buen presentimiento. Todo va salir bien.

---

[35] ¿Por qué soy incapaz de hablar?... ¡Cásate conmigo! ¡Poseo un posgrado!

Y tomándolo por un brazo, lo dirigió hacia su propia oficina. Cerró la puerta de la oficina del CEO tras de sí. Una vez solos, su asistente comenzó a explicarle las razones:

—¡Esta muchacha es perfecta! —dijo Josh.

—Pero ¡mírala! La muchacha parece… parece —Mark estaba sin palabra.

—Pero ¡por favor! Con el vestido adecuado y bien maquillada, podría ser una princesa. Es más bonita que muchas de las estrellas de TV… Además, ¡son las siete de la mañana y se encuentra limpiando!

—Es un buen punto. Pero ¡no habla nada de inglés! ¿Qué clase de conversación podríamos mantener?

—¿Cuál fue el tema de tu conversación la última vez con Morita Smith, nuestra estrella de TV?

—Es un buen punto… nuevamente. De cualquier manera, debería entender si digo: "¿Quieres bailar? ¿Tienes sed? ¿Deseas tomar algo?".

—Intenta hablar con ella.

—Muy bien —acotó más tranquilo. De repente se dio cuenta de algo y preguntó—: ¿Y qué del vestido para esta noche? ¿Qué va hacer con el maquillaje? ¿Y su cabello? ¿Y todas las cosas estúpidas que las mujeres piensan que son importantes?

—Voy a pedir ayuda, no te preocupes.

Mark estaba sorprendido; Josh tenía siempre una respuesta.

—¿Eres familiar de ella o algo por el estilo?

—Ve y hazle preguntas. Sácate las dudas —contestó señalando con su índice a la oficina de su jefe.

Estaba por hacerle caso hasta que se detuvo:

—Pero ¿para qué le voy a preguntar si todavía no ha aceptado mi oferta?

—Lo hará. Te lo prometo —aseguró, rogando por dentro que la muchacha asintiera.

Mark cerró la puerta tras de sí.

—Señorita… —carraspeó su garganta, mejoró su postura y preguntó—: ¿Cuál es su nombre?

Bella estaba a punto de retirarse, dio media vuelta sorprendida.

—Mi nombre es Bella —contestó con voz temblorosa.

—Muy bien, muy bien. ¿Tendría un minuto? —preguntó Mark arremangándose la camisa. "Entiende el significado de la expresión *un minuto*", pensó.

—Sí, por supuesto.

—Bien, bien —contestó nervioso.

Bella aguardó con paciencia que el hombre hablara, pero luego de cinco minutos solo había silencio.

—Señor, lo escucho.

Silencio.

—¡¡¡Josh!!! ¡¡Entra, por favor!! —La puerta se abrió.

—Aquí estoy.

—Muy bien. Ahora que estamos todos puedo empezar hablar. Miss Bella, necesito una *escort* para esta noche. ¿Usted entiende lo que una *escort*, o acompañante, significa?

Bella asintió con la cabeza.

—Ok. Para hacer esta historia corta… —Mark continuó—, he terminado con mi prometida hace 10 minutos, pero tengo una cena muy importante esta noche, y necesito una dama que me acompañe. ¿Usted entiende lo que dije hasta ahora?

—Hasta este punto está todo claro, señor.

Mark tomo aire, miró a su asistente y dijo:

–Tengo un mal presentimiento. Ahora parece que esta muchacha entiende todo... yo pensé...

–Que soy una iletrada que no habla inglés –interrumpió Bella–. Lo he entiendo todo. Por eso, ¿de qué estamos hablando exactamente? ¿Qué clase de cena es? ¿Dónde?

–Josh la pondrá en antecedentes... si usted acepta, por supuesto.

–Normalmente pagaría solo honorarios –dijo Mark con un ataque de sincericidio–, pero supongo que usted también necesitará un vestido, un par de zapatos, un turno en la peluquería... Por eso no sé, no estoy seguro –dijo Mark.

Bella comenzó hacer cálculos mentales, para averiguar el precio del vestido más barato de Valente.

–Normalmente, mis honorarios son £200 por hora más viáticos –dijo Bella.

Luego se arrepintió y volvió a hacer cálculos. "Si este tipo es capaz de pagarme un tercio de mi vestido de Valente, creo que cerraría trato", pensó.

–£9000.

–*What?*[36]

–Ya me oyó... 9000 libras.

–*No way!*[37]

Bella se sorprendió ante la negativa de un señor que aparentemente parecía desesperado por encontrar una acompañante.

–Es usted quien viene a mí en busca de ayuda... Cambiando de tema, he terminado de limpiar su oficina, así que me puedo ir –concluyó Bella agarrando los artículos de limpieza.

---

[36] ¿Qué?

[37] ¡De ninguna manera!

—Trato hecho —interrumpió Josh—. Por favor, sígueme y te daré los detalles. —Dejó al presidente con la boca abierta.

Josh imprimió varias hojas y se las entregó a Bella. Anotó también la dirección y su número de teléfono, lo comprobó marcando una llamada perdida.

—Una cosa más —dijo Josh antes de que Bella se fuera—, no lo tomes a mal, pero debo preguntarte ¿de verdad tienes un vestido que amerite la ocasión? ¿Necesitas una peluquera? ¿Un estilista profesional?

—¿Me creerías si te digo que tengo varios vestidos Valente, a los cuales nunca pensé que les daría uso más de una vez?

—Pues la verdad que no…

—Yo tampoco… —contestó sonriente Bella.

En el taxi de vuelta a su casa, escribió: "Todo bien en la oficina de Mark. Está muy conforme con el servicio de limpieza". "Y con el servicio de *escort* también", agregó mentalmente sin escribirlo.

Quince minutos más tarde en la oficina de Josh.

—¿Te has vuelto loco? —preguntó Mark.

—Créeme, lo hará mejor de lo que tú piensas.

—¿Y qué sucederá si no se sabe comportar acorde a las circunstancias?

—Por favor, ten algo de confianza. Soy tu PA, y puedo ver a la distancia que es muy inteligente y que, por supuesto, es mucho más que una mujer de limpieza, ¡por favor!

—Sí, todo bien, confío en ti, pero ¿eran necesarias £9'000?

—No te preocupes, alguien más pagará esta cuenta. ¡Y por supuesto no vas a ser tú! Esta mujer lo vale… Y cambiando de tema, tu exprometida estará también allí. Ya estoy deseando ver su reacción y su cara cuando la vea.

Capítulo 5 - Larissa

Puntualmente a las 19 horas un chofer pasó a buscar a Bella por su casa.

Bella se miró al espejo con aprobación por última vez antes de salir a la calle y pensó: "¡Así debió haberme conocido Mark!".

Veinticinco minutos más tarde, el auto estacionó y alguien abrió la puerta de su coche.

La entrada del edificio estaba abarrotada de gente, apenas si pudo salir de la puerta giratoria y caminar unos pocos pasos.

—Y ahora, ¿dónde encuentro a Mark? —se preguntó, mirando a todos lados, buscando caras conocidas, aunque sabiendo que no iba encontrar ninguna.

La entrada se ensanchaba y terminaba en dos escaleras de mármol majestuosas de color ocre, sitio que muchos invitados habían elegido como lugar para charlar y beber sus cocteles.

—Supongo que desde arriba todo se verá mejor —se dijo pidiendo permiso para pasar. Y comenzó a subir las escalinatas, levantando su vestido magnífico mientras daba pasos muy concentrada, pues sus zapatos eran de tacón altísimo.

A medida que iba subiendo, los hombres interrumpían sus conversaciones para mirarla. Bella se dio cuenta y se sonrojo un poco. "Increíble lo que un vestido puede hacer", pensó.

En la otra punta del descanso en el entrepiso, Mark y Josh bebían dos whiskys.

—¿Por qué te habré hecho caso? —le dijo Mark a Josh—. Evidentemente necesito un descanso, esto jamás habría ocurrido en mi sano juicio… Además, ¿cómo sabemos si va a llegar puntual? ¿Cómo sabremos si se sabrá comportar en la mesa?

—Mira, si pudo negociar contigo y ganar £9'000 por una noche de acompañante, dale crédito a esa chica. Y ya te he dicho que el chofer la pasaría a buscar a las 19:00 por su casa. Con este tráfico, tampoco pidas milagros. —Se rio Josh.

—Pero ¡si casi me la pusiste por los ojos! ¿Y si no nos ve? ¿Qué hacemos? ¿Tienes su número de celular? —le preguntó nervioso Mark.

—Sí, lo tengo, pero si no nos ve, te aseguro que nosotros sí notaremos su presencia —dijo Josh.

Y con ese último comentario bebió de un sorbo todo el resto de su whisky y dejó su vaso en la bandeja de un camarero que pasaba, y comenzó a caminar como hipnotizado.

Mark seguía quejándose con palabras inentendibles e inaudibles. Cuando se dio vuelta para buscar una respuesta a su pregunta, se dio cuenta de que se había quedado solo.

—*Just in time* —le dijo Josh por detrás en un susurro muy romántico.

—*Hello*! ¿Dónde está tu jefe? —Lo saludó amigablemente Bella.

Josh le acercó una copa de champán para ponerla a tono con la situación y comenzó a decir lo que había practicado todo el día desde que la había despedido en la recepción de su oficina.

—Antes de que se te vea con él, quisiera poner en antecedentes la situación y de qué se trata todo esto, toda esta reunión. Lamento no haberlo mencionado, pero él necesita mi apoyo incondicional y completo últimamente —se excusó Josh.

—*Ok, shoot it*[38], pero dime la versión corta —dijo Bella.

—Estuvo en esta relación enfermiza por los últimos tres años. Con una nena de papá rico. Hermosa e inteligente. Mimada hasta el hartazgo, que destruye todo lo que toca. No está acostumbrada a recibir un no como respuesta. Sale con más de un tipo a la vez. Rompió el corazón de mi jefe más de una oportunidad.

»Ahora, al grano. —Señaló con el índice hacia la dirección donde se encontraba su jefe—. Hoy nos vamos a sentar en la misma mesa que un expresidente de Estados Unidos, quien está acompañado por su esposa, lo cual es muy raro, porque según su secretaria, que es mi amiga de universidad, raramente lo hace, raramente sale con su esposa de viaje. Pero digamos que me las ingenié para que pudiera venir, y ahora le debo un favor inmenso a mi excompañera de universidad.

»Por eso, antes que Mister President se aburra y se ponga de pie para retirarse, Mark tendrá que tener la oportunidad de poder discutir negocios con él.

—*Oh, my God*!! —Bella apenas si podía respirar—. ¡Por fin voy a conocerlo!

—Sí, sí, pero escucha. Me alegro de que quieras conocer este presidente. No me mal entiendas, pero estoy poniendo mi cabeza en la guillotina por este tema. Yo apoyo todas y cada una de las causas femeninas que las ayuden avanzar en la vida, si es que conocer a este presidente te ayudaría en algo. Por eso, si no sabes qué decir en la mesa en la cena, no trates de ser o de parecer más inteligente de lo que ya eres. Trata de no hablar y escucha lo que tiene que decir este tipo.

Bella no podía creer lo que acaba de escuchar.

---

[38] Dispara.

—Bueno, créeme, pero valgo mucho más que 9000 libras. Supongo que no soy el problema más temido de tu jefe —dijo sarcásticamente mientras se aproximaba hacia Josh románticamente tocándole el pecho con sus uñas recién barnizadas.

Miró hacia la dirección donde había dejado a su jefe para darse cuenta de que ahora este se encontraba con compañía indeseable. Inmediatamente, dejó sola a Bella para tratar de salvarlo sin decirle ni siquiera a Bella sus motivos y sus intenciones.

Bella no lo siguió y no se pudo reprimir y dijo:

—*This is getting better and better than a Mexican telenovela.*[39]

Alguien rodeó su cintura por detrás y susurró:

—¡Dígame, por favor, el paradero de mi hermana! ¿Dónde la tiene escondida? Usted se parece mucho a ella, pero usted es una impostora… ¡Mi hermana no es como usted! Es alguien que no tiene vida propia, solo vive para trabajar. Si por algún motivo sabe dónde está, dígale que no vuelva.

Bella casi escupe el contenido de su copa.

—¡Eres tremendo! —exclamó—. ¿Qué estás haciendo aquí? Esta es una fiesta privada… —le dijo guiñándole un ojo.

—Sí, es verdad, ¿qué estás haciendo aquí? ¿Quién te invitó? Esta es una fiesta para abogados —le preguntó intrigado replicando la pregunta, divertido.

—Él me invitó —dijo Bella señalando a Mark.

—¿Mark Jones? ¿Y desde cuándo lo conoces? —le preguntó su hermano.

—Desde hoy a las 6 de la mañana. Verás, el hombre necesita de apoyo femenino para charlar con un expresidente…

—¿Qué dices? —la interrumpió su hermano.

---

[39] Esto se está poniendo cada vez mejor que una novela mexicana.

—Me estás dejando sorda, no grites, chiquilín. —Le apretó el cachete con sorna muy disimuladamente—. Mira, mi intuición femenina me dice que apareció mi oponente, así que hazme un favor y quítala de mi camino. —Le tiró un beso mientras se encaminaba hacia Mark y Josh.

Bella sabía que su mejor arma era su sonrisa. Así que, mientras se iba aproximando al grupo, la iba colocando cada vez mejor.

—Gracias, prima, me alegro de que me convencieras de llevar semejante escote —se dijo.

—*Finalement, mon chère*[40] —le susurro a Mark besándolo muy dulcemente en la mejilla, mientras tocaba su hombro, brazo y mano.

Todos se quedaron atónitos frente a ella. Todos, especialmente la dama de la derecha. Era una mujer de esas que cuando se las encuentra caminando huele a marca a lo lejos.

Y como no podía ser de otra manera, esa noche estaba vestida con un vestido carísimo, pero para alegría de Bella, su vestido no llegaba ni a la altura de sus pies en elegancia ni en transparencia con respecto al suyo.

Mark no podía creer lo que veían sus ojos.

—Estás espléndida, querida —le dijo—. Esta es Bella, mi amiga muy querida recién llegada de París.

Bella se sorprendió, pero no dejó que los otros invitados leyeran sus pensamientos y menos ella.

—Este es mi colega Arthur Baron, CFO de mi empresa; su esposa, Cindy; Alistair Follis, abogado y amigo personal; su esposa, Mary; Josh, mi asistente personal, y una vieja amiga, Larissa.

---

[40] ¡Al fin, mi querido!

–¡Qué extraño! –la intrigante habló por primera vez–. Mark nunca me habló de ti en todos estos años.

–Ah, querida, no te preocupes. A mí tampoco me ha hablado de ti, ni de nadie en especial en todo este tiempo.

Josh y Mark empezaron a sudar…

–¡Buenas noches! Qué alegría verte, Mark, después de tanto tiempo –dijo una voz viril–. ¿Cuánto hace que no nos veíamos?

–Federico, ¡qué alegría! –Se estrecharon en un abrazo.

–Josh, ¡qué dices! –Le tocó su brazo–. ¿Todavía con él? ¿Cómo haces para aguantarlo?

–*It was love at first sight*[41] –contestó Josh divertido.

–*Sis*![42] –le dijo a Bella dándole un beso en la mejilla.

–¿Y quién es esta belleza? –preguntó embelesado Federico.

Instantáneamente les dio la espalda a Bella y a Mark haciendo que dieran un paso hacia atrás, cerrándoles el círculo de conversación.

–Soy Larissa, ¿y tú quién eres?

–Soy Federico Martínez, amigo y compañero de pub en la universidad de Mark.

–Mi hermano es un genio –dijo ella. Y miró a Mark y le dijo–: Todo va a salir más que bien.

Lo tomó por el brazo y le susurró al oído:

–Ya tengo apetito… ¿y tú?

Sentados en la mesa, todos esperaban la llegada de Mr. President, quien llegó último del brazo de su esposa.

---

[41] Fue amor a primera vista.

[42] Diminutivo de *sister*: 'hermana', en inglés.

—Buenas noches a todos —dijo el exmandatario.

—Buenas noches, Mr. President —contestaron todos los comensales.

Bella estaba sentada junto a Mark y a su lado izquierdo estaba un premio Nobel de Literatura de habla española.

"No podría estar mejor acompañada esta noche", pensó.

La cena transcurrió sin mayores contratiempos, hablando de temas generales, hasta que Mark tocó su brazo para incluirla en la conversación con el presidente.

—Me encantaría charlar contigo con más calma, pero quiero llevar a mi esposa a la final de un partido de polo y la verdad es que quisiera conocer a los jugadores argentinos que estarán allí —dijo el exmandamás—. Luego del partido, vamos directo al aeropuerto para volver a casa.

A Bella se le iluminaron los ojos…

—¿A quién desearía conocer? —preguntó Bella sin tapujos.

—A los Ulloa y a sus familias. Me dijeron que son unas personas muy humildes, además de ser jugadores de polo con handicap 10.

—Sí, es verdad. Son un encanto de familia, además de ser nuestros parientes lejanos. Si es por eso, mi hermano Federico y yo podríamos arreglar una cita. Tienen un equipo llamado Karulita. Además, Fermín Ulloa se encuentra entre los tres mejores jugadores del mundo.

—Estoy sorprendido de que esta cena se ha tornado interesantísima. —Habló ahora la Mrs. President.

Le tomó a Bella unos segundos sacar de la galera su mejor idea.

—Si quieren hablar, deje a su esposa en mis manos, la llevaremos y además le presentaremos a la familia Ulloa y a muchísima gente interesante, así que pasaremos una tarde maravillosa mientras ustedes dos conversan en alguna de las carpas auspiciantes del evento sin que nadie los interrumpa.

Y ofreciendo una mirada cómplice a la dama le dijo:

—No permitiremos que se tarden mucho. ¿O sí? —le dijo riéndose.

Dirigiéndose a Mark le dijo:

—Olvidé decirte que mis mejores amigos argentinos juegan en el equipo argentino contra el equipo inglés. Ahora no tenemos excusa. No podemos dejar de ir.

Mark no podía salir de su asombro hasta que Bella le susurró:

—Cierra la boca, por favor, y propón un brindis.

—¡Por el deporte y el polo! —exclamó, rápido para los negocios Mark.

Todos levantaron sus copas y se unieron a la conversación.

Bella se dijo que era hora de ir al tocador y, poniéndose de pie, se dirigió hacia allí.

Sintió como si alguien la estuviera siguiendo, pero no se volvió. Con la cantidad de gente que había en esa fiesta, era obvio.

Cuando salió del aseo, se encontró con la famosa bruja en cuestión, Larissa, que estaba esperándola ocupándole el paso. Ignorando su presencia, Bella siguió caminando hacia el tocador.

—Él es mío —le dijo—. No sé de dónde diablos has salido, pero te aviso que ese hombre es mío.

Bella la miró por el espejo y le dijo:

—¿De quién hablas? ¿De Federico? ¡Él es mi hermano, querida! Es todo tuyo.

Larissa estalló de ira y tomándola por un brazo le dijo:

—¡No te hagas la tonta, que bien sabes de quién estoy hablando! ¡Mark es mío!

—No sabía que Mark llevaba marca con tu apellido a fuego, como las reses. Mira, la verdad es que yo no estoy acostumbrada a pelear por un hombre, todo lo contrario. Además, él va a estar con quiera estar, si es conmigo, contigo o con cualquier otra.

—¡Mira, no te hagas la mosquita muerta! ¿Sabes qué? No te conviene tenerme de enemiga. ¡Así que cuídate! —la amenazó.

—Tú también cuídate, que se te va a arrugar el botox de las comisuras de la boca. —Y sin más, salió del tocador.

—¡Engatusaré a tu hermano, arpía! Y luego lo desecharé, como es mi costumbre… —dijo Larissa sabiendo que estaba sola.

A la salida del tocador, la estaba esperando Josh.

—¿Qué sucede? ¿Por qué tanto griterío? —le preguntó.

—Es que Larissa está que arde por los celos —le contestó Bella.

—Bueno, creo que es mejor que nos vayamos entonces.

—¿Irnos? ¿Por qué? ¿Tan temprano y sin Mark?

—Mark me pidió que me asegurara de que llegaras bien a tu casa, así que te acompañaré con el chofer, si no te molesta —le dijo Josh.

—Es que… pensé que luego de haber hecho semejante jugada, lo menos que esperaba era una reacción más caballeresca de parte de Mark.

—Mark es así, está nervioso y me dijo que me asegure de que tengas las entradas para el partido, y de que te vayas a dormir temprano. O sea, hoy soy tu chaperona. Bueno, será mejor que nos vayamos así me cuentas todo con lujo de detalles en el camino.

—Déjame despedirme de mi hermano.

Bella se dirigió a la mesa donde estaba su hermano.

—Federico, ¡te pedí que entretuvieras a esa gata! —le susurró.

—¡Pero si tus deseos son órdenes! Nos vamos juntos en un rato —le dijo entre risitas.

—¿Qué? ¡Es que me siguió hasta el tocador, solo para decirme que dejara tranquilo a Mark! ¡Esa mujer está loca!

—Bueno, bueno, no te preocupes que a mí no me gustan cuerdas ni centradas. Luego tienen ideas locas de compromiso, ¡y qué sé yo qué más! —le dijo poniéndose serio.

—Bueno, dame un beso que ya me voy, me acompaña Josh a casa. Mañana nos vemos en el partido, hermanito, te quiero —le dijo.

—*See you there!* —Se despidió levantando su copa.

En el camino de vuelta a su casa, Bella no podía ocultar su desilusión de no poder estar con Mark… a solas.

—Bueno, cambia esa cara y cuéntame, por favor, con lujo de detalles.

—¿Por qué no estabas sentado en nuestra mesa? —le preguntó Bella.

—Por algo muy obvio: te cedí mi lugar para que estuvieras apoyando a Mark. Por cierto, excelente trabajo. ¿Cómo se te ocurrió eso de que los jugadores de polo son tus amigos? —le preguntó curioso Josh.

—Es que no solo son amigos, algunos de ellos son familia. Varios de ellos se hospedan en mi casa, es decir, en la casa de mi tía cuando pasan por Londres. Son, sobre todo, amigos de Federico, mi hermano. Él también es jugador, pero ¡amateur! —Se rio—. ¡No se lo digas!

—¡¡Excelente!! ¡¡Te felicito!! ¡Sabía que valías la pena! —Le dio una palmadita en el brazo.

Ya habían llegado y el chofer abrió la puerta. Mientras bajaba, Josh le dijo:

—Esto es para ti. —Le dio un sobre—. Muchas gracias. Mañana pasa por ti Mark a las 9.00. Sé puntual, no le gusta esperar. —Y al decir esto cerró la puerta del coche.

Bella abrió la puerta principal de su casa, un bello dúplex, subió lo más rápido que pudo a su habitación y se desplomó en su cama con semblante triste.

—¡¡Mañana veré a Mark otra vez!! —Saltando de alegría, se dirigió al tocador.

Capítulo 6 - Mr. President

El despertador de Bella tocó el aria de *La flauta mágica* puntualmente a las 6.00 de la mañana. Bella apenas si había podido dormir de la emoción de lo que iba a acontecer ese día.

—Ya era hora de que sonaras —le dijo al despertador y apagó la melodía.

»Es como un sueño —dijo al recordar la noche anterior entre risitas—. Acabo de conocer a un hombre guapísimo, tengo un vestido divino, me encuentro con la ex *first lady*[43] ¡y encima me pagan! —Festejó con un saltito en la cama.

Se miró al espejo y se preguntó:

—¿Quiero que me pague por esto también o quiero algo más? Hum… Debo encontrar un momento para hablar con Mark al respecto. Necesito un momento a solas con él sin nadie más alrededor —se dijo entrando en la ducha.

Una hora y media más tarde, Bella estaba sentada en la cocina controlando su correspondencia y tomándose el último café antes de que el chofer la pasara a buscar.

—¡No puede ser! —gritó, levantándose de un brinco—. ¡Me han dado una cita!

Mirando de reojo su reloj, se dijo:

—Si está durmiendo, que se despierte, ¡no me importa!

Marcó un número en su celular y esperó la respuesta del otro lado de la línea.

---

[43] Primera dama

–¿Hola? –respondió una voz moribunda.

–¡Hola, prima! ¡¡No sabes qué me paso!!

–¿Qué te pasa, Bella? ¿Estás bien? Espérame que voy para tu casa ya mismo –dijo Ana Belén pegando un salto de su cama.

–Pero no, Ana, no me pasa nada, mejor dicho, nada malo. Todo lo contrario. ¡Me ha llegado una carta en la que me confirman que cumplo con los requisitos para la casa que estoy buscando comprar!

–¡Ay, Bella, por un momento me asustaste! Ahora estoy durmiendo. Cuéntame otro día –dijo Ana.

–¡Pero no! Déjame contarte los detalles –insistió Bella–. Tienes que visitar la página web y echarle un vistazo a las habitaciones. ¡Es un lujo!

–Bueno, ya lo veré, pero ahora quisiera hacer una visita a otro lugar, llamado *Bedfordshire*[44]. Luego hablamos, chau-chau. – Cortó despidiéndose de su prima.

–Prima amargada –le dijo, pero su prima ya había cortado–. Bueno, veamos qué dice la carta en su totalidad:

Estimada Srta. Bella Martínez:

Nos es muy grato escribirle para informarle que los hemos elegido a Ud. y a su marido como candidatos para visitar nuestro maisonette.

Solicitamos tenga a bien ponerse en contacto con nosotros para fijar una cita.

Sin otro particular, saludamos a Ud. muy atentamente.

Bella dejó la carta en su regazo hecha un lío.

---

[44] Bedfordshire es solo un conveniente alargamiento de bed: cama

—¡Esto no puede ser verdad! ¿Con mi marido? ¡Pero si ni siquiera tengo un enamorado! Y ahora, ¿qué voy a hacer?

El sonido largo del timbre la hizo despabilarse.

—¡Oh, la puerta! —gritó.

Levantándose de un brinco, se puso el primer saco que encontró a la vista. Bajó las escaleras corriendo y miró por la mirilla de la puerta, por un rato descreída de lo que veían sus ojos.

—¡Otra vez es él! —murmuró casi al borde de la maledicencia.

—Hola —le dijo fríamente sin abrir completamente la puerta—. Has llegado una hora más temprano de lo acordado. Mejor dicho, no te esperaba. Me dijiste que Mark vendría por mí. Perdóname por ser tan directa, pero ¿qué haces aquí?

—¡Hola! Yo también me alegro de verte. Me envía el gran jefe, que se encuentra un poco atrasado preparando su presentación. Solo quería cerciorarse de que no llegaras sola y de que estuvieras en el lugar puntualmente.

—Bueno, pasa entonces, pasa de una vez y sírvete café si quieres. Estaré arriba arreglándome. De cualquier modo, no había motivos para enviarte, nadie más interesada que yo misma de estar presente en el evento —dijo como una máquina expendedora que habla.

—Gracias, pero es que todavía no te conocemos del todo —dijo Josh con tono tímido.

Media hora más tarde, Bella bajaba por las escaleras ante un embobado Josh.

—Espléndida. ¿Podemos irnos ya? —le preguntó.

—Sí, sí, por supuesto. A propósito, ¿sabes dónde nos encontrará Mark?

—Tiene que terminar algo, pero nos buscará en el predio —respondió Josh cerrando la puerta después de Bella.

Una vez en el auto, Bella no podía soportar el silencio reinante en el auto y le preguntó:

—Supongo que harán negocios mientras miran polo, ¿no es así?

—Supones bien, pero tenemos que tener tacto, porque normalmente los hombres están en familia y sus mujeres están atentas de que eso no ocurra.

—Y entonces, ¿cómo lo logran? —preguntó Bella.

—Hay lugares donde las mujeres no pueden entrar —le contestó entre risas.

—Muy gracioso…

Luego de unos momentos Bella tuvo ansiedad por algo dulce.

—¿Podríamos parar en algún lugar para comprar un café y comer algo?

—Sí, no hay problema, vamos con tiempo. ¿Quieres que nos sentemos un momento o prefieres seguir camino?

—Si no te importa, prefiero sentarme —respondió.

Una vez que hubieron hecho un alto en el viaje, encontrado una cafetería y ordenado el desayuno, Bella no sabía cómo tomar coraje y preguntar a Josh sobre su jefe.

—Ok, *shoot it*. No puedes contenerte y yo no soy tan ciego como para no darme cuenta de qué cosa me quieres preguntar…

—¿Soy tan obvia? —Se rio—. Sé que no es de mi incumbencia…

—Oh, por favor, pregúntame lo que quieras…

—Ok, ¿es muy maleducado si te pregunto por qué un hombre como Mark está liado con una mujer como esa?

—¿Qué quieres decir con "un hombre como él"?

—Bueno, él es exitoso y rico; ¿por qué no se busca una mujer mucho mejor que esta?

Josh resopló con sorna. Había pensado por un milisegundo que Bella le preguntaría por su vida privada. Miró a través de la ventana y le contestó:

—Una persona no puede ser diez en todo. Él sabe con quién está jugando, o mejor dicho, contra quién. Él es perfectamente consciente del riesgo que eso implica. Y, lamentablemente, está enamorado, o cree estarlo. O no cree ser capaz de enamorar a otra mujer. No lo sé exactamente, soy hombre. Tú, como mujer, puedes inventar 10.000 explicaciones… —concluyó Josh risueño.

—¿Has escuchado algo de esa mujer? —le preguntó Bella, recordando que debería haber llamado a su hermano.

—Por ahora nada, pero no sé por qué presiento que la veremos pronto —dijo afirmando con una sonrisa.

"Tiene lindos dientes y lindo perfil este chico", pensó Bella.

—¿A qué te refieres? —le preguntó.

—Todo a su tiempo, niña curiosa… Ya llegamos a destino.

Entraron al club y aparcaron el coche. Caminaron hacia el restaurante antes de pasar al estadio. Se sentaron en una mesa a esperar al expresidente y a su esposa mientras tomaban agua.

Mucha gente saludaba a Josh y miraba con curiosidad a Bella. Esta se impacientaba por encontrar algún rostro conocido del polo argentino.

—¿Por qué la gente me mira con curiosidad? Por favor, no soy tan nueva aquí, pero ni siquiera disimulan su asombro —comentó Bella con desdén.

—La gente te mira porque eres bonita y especial —contestó Josh de forma natural poniéndose de pie y saludando.

–Hi, Josh, how are you? Aren't you going to introduce your friend to us?[45] –preguntó una señora entrada en años, pero con una sonrisa y un rostro muy bonito.

–Sí, cómo no –dijo Josh–. Bambi, esta es Bella; Bella, esta es Bambi.

–Encantada de conocerte, preciosa –dijo Bambi.

Y de repente Bambi miró por su hombro y le dijo a Josh:

–Ve a saludar a tu tío. Nosotras iremos a buscar bebidas.

Antes de que Josh pudiera decir algo, las damas estaban como a diez metros de distancia. Josh se quedó boquiabierto, sin palabras.

–Tu cara me resulta conocida –le comento Bambi para cortar el hielo.

–Bueno, señora Bambi, usted es la mujer más famosa del club, así que para mí es un honor finalmente conocerla y poder hablar con usted.

–Es que hay tantas personas, sin embargo, nunca olvido una cara bonita.

–Verá, solo venimos al club cuando algún equipo argentino juega. El que es más asiduo es mi hermano.

–Ya veo.

–Es muy importante para Mark y para Josh que esta reunión salga bien…

–¿Y qué se supone que tienes que hacer tú en este negocio? –le preguntó con cariño de abuela.

Bella se soltó debido a la ternura de sus palabras y comenzó a contarle con lujo de detalles la noche anterior y la fiesta.

–No te preocupes, querida, si hay que entretener a la primera dama, pues la entretendremos.

---

[45] Hola, Josh, ¿cómo estás? ¿No nos vas a presentar a tu amiga?

Mientras tanto Josh seguía mirando a lo lejos cómo su tía y Bella conversaban animadamente.

—Espero que no le esté contando todos los detalles de mi infancia —se dijo pensando en algunos secretos que quería esconder, como por ejemplo, su visita al ortodoncista.

—Cierra la boca, que puede entrar un enjambre de abejas, chico —dijo su tío Ben.

—Siempre es bueno verte, tío Ben —le dijo mientras lo palmeaba en su hombro.

—¿Has venido solo?

—Tenemos la visita de un expresidente norteamericano.

—Me imagino entonces que Mark debe estar por aquí. Tú eres como su tarjeta de crédito nunca sale sin ella; es decir, sin ti.

—No, he venido con una amiga; me está ayudando con unos negocios.

—Eso no lo creo. ¿Se puede saber dónde está? No la veo por ningún lado.

—Está en algún lugar con tu esposa, Bambi.

—Muy interesante, muy interesante —dijo intrigado su tío—. Lástima que no le puedo ver la cara a tu amiga porque nos está estando la espalda.

—Hola, Ben, ¿qué tal? —dijo Mark.

—Todo bien, todo bien, siempre haciendo negocios con mi sobrino… también el domingo —comentó con sorna y sarcasmo.

—Sí, es verdad, pero resulta que tenemos a un expresidente que está por venir.

—Ahora entiendo por qué había tanto alboroto en el club.

–Sí, sobre todo por el tema de seguridad, pero no tiene nada que temer porque el club se caracteriza por tener una seguridad muy estricta.

Los hombres hicieron un silencio mientras esperaban y el tío de Josh decidió cortarlo.

–¿Ya te casaste con tu prometida? ¿Cómo se llamaba?

–Se llamaba Larissa… se llama Larissa. Y ya no estamos más comprometidos.

–Bueno, muchacho, no sé si lamentarlo o celebrarlo. Había algo en esa muchacha que no me caía muy bien

–Ni que lo digas, Ben –agregó–. Más sabe el diablo por viejo que por diablo.

–Bueno, pero creo que, aunque en hayas roto tu compromiso, no nos vamos a librar de eso tan rápidamente –dijo Josh.

–¿A qué te refieres?

–Aquí acaba de entrar al predio tomada de la mano con Federico Martínez.

–¡No puede ser! ¡Cómo se atreve!

–No te sorprendas tanto, no es la primera vez que te hace una escena.

–Deberíamos poner en aviso a Federico. Es un buen muchacho que no puede caer en sus garras.

–Federico es un zorro, no va a caer… Para eso estás tú, que vas y vuelves con esa una y otra vez.

En ese momento tres hombres de estatura y contextura más grande y fuerte de lo habitual hicieron su entrada. Eran los guardaespaldas del expresidente. Cinco minutos después, entraron el mandatario y su esposa, alegres, tomados de la mano. Muy amablemente conversaron con las primeras personas con las que se toparon para luego llegar muy despacio hacia donde estaba Mark y saludarlo.

—El haber llegado aquí de visita es una idea maravillosa —
dijo la esposa del expresidente.

Bella y Bambi se acercaron a saludar también.

—Creo que lo vamos a pasar muy bien. El buen tiempo nos
acompaña —dijo Bella.

—Señora, si me permite mostrarle las instalaciones —dijo
Bambi acompañada de Bella.

Así los hombres quedaron solos y con tiempo para hacer
negocios. Sin embargo, la única mujer que quedó alrededor de
los hombres fue Larissa. Esta no le quitaba los ojos a Mark de
encima. De lejos, merodeaba caminando de izquierda a derecha y de derecha a izquierda. Mark estaba totalmente distraído
por su figura. Hasta que uno de los guardaespaldas, percatando
su incomodidad, muy caballerosamente se acercó hasta Larissa
y le pidió que se retirara.

A regañadientes, Larissa se dirigió hasta la primera carpa,
donde la gente conversaba animadamente mientras bebía
champán. Federico salió al encuentro de Larisa.

—¿Dónde te habías metido? Te estuve buscando.

—Bueno, ya me encontraste, querido —respondió falsamente
con una sonrisa.

La primera dama habló con las esposas de los polistas,
quienes la condujeron hacia algunas caballerizas para observar
a los pura sangre.

Bella, sin embargo, al rato aconsejó hablar con los petiseros
y con los peones encargados de los caballos.

—Así sabremos quién estará en ventaja para ganar… —dijo
Bella.

El coach del equipo de Karulita, avisado de que la primera
dama estaba junto a los petiseros, se allegó para saludar.

—Estamos en igualdad de condiciones para ganar. Tenemos al primo de Bella, Fermín Ulloa, como última incorporación y además tenemos excelentes caballos. Tenemos ya la mitad del camino recorrido para ganar.

La primera dama escuchaba entusiasmada y con mucha atención todo lo que los argentinos le contaban, pues era una enamorada de los caballos y de todo lo que tuviera que ver con los deportes.

Llegó el momento de tomar asiento en las plateas. Mr. President, Mark y Josh fueron avisados de que el partido empezaba, sin embargo, se encontraban a mitad de las negociaciones.

En la cancha, Bella estaba parada sin poder sentarse y gritaba con desesperación apoyando a su equipo, y saltaba con cada gol que su equipo anotaba. Bambi miraba de reojo a Bella hasta que, luego de tantos gritos y hurras tan contagiosos para su equipo, la acompañó en su algarabía. A Bambi comenzaba a caerle cada vez mejor la figura de Bella, y comenzó a tejer un plan en su mente. "Si mi sobrino se pierde a esta muchacha, es un tonto —pensó—. Y yo no lo voy a permitir".

Una vez llegado el entretiempo del partido, los hombres de negocios se unieron al grupo. Terminado el partido, el expresidente y su esposa saludaron a los polistas de ambos equipos, se sacaron fotos y respondieron a las preguntas de algunos periodistas que se encontraban en el partido. Luego se marcharon a su limusina y a su casa, en América.

Bella se encontraba conversando muy animadamente con sus amigas argentinas cuando Mark se acercó al grupo y pidió disculpas por robarles a Bella. Una vez solos, dijo:

—Realmente tengo que decir que eres una caja de sorpresas… de sorpresas muy agradables. Bien vales las 9000 libras; es más, estoy pensando en doblar tus honorarios si el negocio se llega a concretar.

En ese momento Bella decidió que no iba a cobrar a Mark ningún tipo de honorarios. Más bien quería una cita con él. Sin embargo, no quería aparentar o que se diera cuenta de que estaba desesperada por estar a solas con él. Y fue entonces cuando se le ocurrió la mejor idea que había tenido en la última semana.

—¿Y qué te parece si hoy no me pagas en metálico? —le contestó sonriendo.

—No te entiendo.

—Necesito un favor muy muy especial: me he postulado para un apartamento, pero la comisión directiva solo lo quiere vender a familias, o a matrimonios jóvenes con idea de formar una familia. En este momento me encuentro sin pareja, pero quiero el departamento desesperadamente. Ya cuento con más dinero que el adelanto obligatorio, pero necesito de un acompañante que venga conmigo. Alguien que quisiera hacerse pasar por mi prometido... Por una buena causa, la de un hermoso departamento para una muchacha soltera que se encuentra estos momentos viviendo con sus tíos. ¿Es mucho pedir?

Mark sonrió divertido.

—Para nada. Te he pedido mucho más hasta ahora. Y te he pagado también, pero creo que sí puedo hacerte ese favor.

—No es un favor. Estarías pagando mis honorarios si me acompañas —dijo sonriendo para recordarle que estaban saldando cuentas.

—¿Y cuándo sería eso?

—La verdad es que tendría que arreglar primero la cita, pero podría hablar con Josh y coordinar tu agenda.

—Muy bien, entonces, que no se diga más. Ahora, si me disculpas, me tengo que ir.

Bella abrió los ojos con desesperación. Pensaba que sí esta vez Mark tendría el decoro de llevarla a su casa. Otra vez otra decepción.

—¿Nos vamos? —Escuchó una voz por atrás. Era Josh.

—Sí, sí, podemos irnos —dijo con aire resignado.

—¿Qué te sucede?

—Pensé que Mark me llevaría mi casa…

—Mark está hecho un lío y ya bastante estuvo haciendo negocios, no le pidamos más.

Bella no entendió y tampoco pensó preguntar. Bastante tenía con sus propios problemas: su melancolía y sus problemas para conciliar el sueño, y su nuevo apartamento. Buscó a su hermano Federico y se despidió de él, no sin antes decirle:

—Cuídate de esa mujer, no es trigo limpio.

—Ni que lo digas. Estuvo merodeando la reunión de Mark y Josh todo el tiempo.

—¿Y tú dónde estabas?

—Mirando el partido, ¿dónde más?

—Bueno, digamos que tu misión era cuidar a esta tal Larissa… Y a propósito, ¿cómo te convenció de que la trajeras y cómo se enteró de que veníamos?

—Estuvo hablando con Mark cuando te fuiste con Josh. Me imagino que ahí se habrá enterado.

—Bueno, no me siento cómoda con esta mujer por aquí.

—No me digas que tienes interés en Mark… Es un buen tipo, pero es un personaje.

—Te dejo, me tengo que ir con Josh a casa. —Se despidió incómoda de que le criticaran a su posible candidato.

—No entiendo, ¿te interesa Mark, pero te vas con Josh?

—Es mi chaperón… Sin comentarios.

—Qué suerte que tienes, hermanita, para los candidatos —dijo riendo.

Bella emprendió la marcha buscando a Josh, así se encontró con Bambi y con Ben.

—No me digan que ya se van, muchachos —comentó Bambi.

—Sí, es que el evento se terminó y los polistas están cansados y mañana viajan a Buenos Aires de regreso.

—Espero verlos en casa, la próxima vez —dijo Bambi.

Josh casi se come cruda a su tía.

—Bueno, tenemos que irnos. Hasta la próxima.

Camino de regreso a su casa, Bella estaba más que desilusionada. Era la segunda vez que Mark se iba solo o con esa Larissa. Josh la sacó de su pensamiento por un momento.

—Estás más callada o muy cansada…

—Las dos cosas. Pero ahora que lo dices, necesito una cita para esta semana o la semana que viene con Mark, y como eres su PA, tienes su agenda…

—¿Puedo preguntar de qué se trata?

—Sí, puedes. Voy a comprarme un apartamento y necesito a Mark como acompañante.

—Muy interesante, te felicito. ¿Dónde queda?

—Notting Hill.

Josh sonrió disimuladamente, mas Bella se percató inmediatamente de su divertimento.

—¿Qué es lo gracioso?

—Nada es gracioso. Todo lo contrario. Ese barrio combina contigo.

—Muchas gracias —dijo Bella contenta.

Diez minutos después el auto aparcaba.

—Bueno, hemos llegado —dijo Josh mientras salía rápidamente del coche y le abría la puerta del auto a su acompañante.

Josh sabía que no era necesario acompañarla hasta la puerta, sin embargo, no pudo resistir el poder estar un segundo más con ella.

—Muchas gracias, eres muy amable.

—El gusto es mío —dijo Josh, sin moverse de la puerta.

Bella maldijo por lo bajo, Josh quería pasar para su casa. Y movida por la buena educación recibida de sus tíos, dijo:

—¿Te gustaría pasar a tomar un café?

—Me encantaría.

Una hora más tarde, Josh y Bella seguían hablando en la cocina de diferentes temas: arte, propiedades inmobiliarias, música, etcétera. Hasta que la salud de Bella le jugó una mala pasada y comenzó a bostezar sin quererlo.

—Bueno, supongo que es una señal para que me vaya.

—Lamentablemente, mi salud está jugando una mala pasada.

—¿Qué tienes?

—Esa conversación y la explicación queda para otro momento.

—Entonces tendremos que inventar una excusa para vernos otra vez.

—Estoy segura de que nos veremos pronto —dijo Bella pensando en la posibilidad de ser pareja con Mark.

—Contáctame para arreglar una cita para tu apartamento.

—Ten por seguro que así lo haré.

Esa noche Bella durmió profundamente llegando a la fase de descanso total.

Capítulo 7 - Jill Seymour

—Bella, por favor, relájese y cuénteme qué hizo esta semana —le solicitó la psicoanalista mientras abría su anotador.

Bella se encontraba en una habitación pulcra color crema con solo dos cuadros, los diplomas de su terapeuta: Jill Seymour.

Estaba acostada en un sillón Le Corbusier de color negro. A la altura de sus pies, había una protección transparente.

Los nervios de encontrarse por primera vez con un psicoanalista hacían que la cabeza de Bella tuviera más de un pensamiento a la vez. "¿Quién podría acostarse con los zapatos puestos?", pensó con una actitud muy pulcra, muy digna de Bella.

Su cabeza volvió a la pregunta de la psicóloga.

—No tengo nada que contarle. Mi vida últimamente es muy aburrida —confesó Bella.

La psicoanalista la miró por arriba de sus gafas.

—Tengo una tarea para darte. Deberás escribir en un diario cuántas veces te despiertas por la noche y cuál es el motivo si pudieras detectarlo. ¿Estamos de acuerdo?

—Sí, no hay problema.

La psicóloga le entregó una tabla y le dio la siguiente indicación:

—Aquí tienes que anotar a qué hora no puedes dormir, qué te pasa, qué sientes, qué ruido escuchas. Bueno, ahora cuénteme qué pasó o qué hiciste ayer, por ejemplo.

Bella suspiró profundamente y sin más comenzó a contarle sus peripecias en el club de polo y su charla con Josh. Estaba sorprendida de que hubiera ocurrido tanto su vida en un solo día.

Súbitamente la psicoanalista la interrumpió para preguntarle:

—¿Y cómo has dormido ayer por la noche?

—Muy bien… lo cual no sucede siempre.

—¿Te interesan el deporte y los amigos? ¿Es importante para ti?

—Lo que le acabo de contarle no es muy común que suceda —confesó—. La verdad es que hacía bastante tiempo que no estaba con otras personas que no fueran mi familia. Creo que me hizo muy bien estar acompañada…

—¿Tu familia tiene amigos o son solo ustedes quienes comparten todo el tiempo? ¿Tu tía, tu tío, tus primos, tu hermano y tú?

—La verdad es que mis tíos y mis primos son muy sociables… Ahora que lo pienso bien, Federico es el alma de las fiestas, pero yo lamentablemente no soy así…

—¿Qué es lo que podrías hacer para mejorar y ampliar tu círculo de personas íntimas?

—La verdad, no sé…

La psicoanalista se arregló el cabello de color rojo y se quitó sus gafas de color verde.

—Bueno, tienes tarea entonces: pensar cómo podrías ampliar tu círculo de personas íntimas, y puedes contarme el resto de tu historia en dos semanas, así tienes tiempo suficiente para completar la tabla que te he dado.

—¿Cuántas sesiones voy a tener con usted?

—Empezaremos con 12 sesiones incluida esta. Luego del reporte al doctor Goddy, veremos. Que tengas un buen resto del día.

Cuando Bella salió de la consulta de su psicoanalista, decidió que quería caminar un poco. Luego de unos momentos, sintió que ya no estaba para caminar en sus tacones tanto tiempo y se le ocurrió que sería una idea muchísimo mejor visitar personalmente a la agencia inmobiliaria y acordar con ellos cara cara la cita. Debería ir al barrio de Knightsbridge. Así que tomó un taxi, le indicó la dirección al chofer y se distrajo con el tráfico y la gente que pasaba alrededor.

Cuando empujó la puerta y se anunció, la recepcionista la miró con curiosidad. Era muy raro ver a clientes en persona por la mañana. Enseguida le trajeron un café y la dejaron en una oficina con la puerta cerrada.

A los pocos minutos entró una señora entrada en años con una cabellera prolijamente peinada de color gris, ese gris que se ve solo en las cajas de tinte para el cabello y que parece tan perfecto.

—Ah, señorita Martínez, muchas gracias por acercarse hasta nuestras oficinas. No era necesario para organizar una cita con su pareja.

Bella entendió la indirecta y muy amablemente no dejó entrever lo que pensaba. "Esta gente es muy estructurada y difícil, definitivamente quieren ver a alguien con novio, prometido o alguien masculino", pensó.

—No hay problema, estaba por el barrio y se me ocurrió pasar y arreglar la cita personalmente.

—Muy bien entonces, a ver, esta semana tenemos libre por lo general por la mañana dos horas o a última hora en un caso muy excepcional, debido a la magnitud del emprendimiento y los clientes exclusivos que tenemos.

Enseguida Bella llamó a Josh, mientras que por dentro rogaba que la atendiera. Su deseo se hizo realidad.

—¿Hola?

—Hola, Josh, soy Bella, ¿tienes a mano la agenda de Mark?

—Sí, la tengo. ¿Para cuándo quieres la cita con la inmobiliaria? —preguntó automáticamente sabiendo el motivo de su llamada.

Luego de escuchar las opciones, Josh dijo:

—Imposible por la mañana, a última hora será lo mejor.

—Muy bien, entonces mañana a última hora.

—Hecho.

Bella salió de la inmobiliaria muy contenta y de muy buen humor. Se dirigió la casa de su tía, con la esperanza de que esta vez fuera una de las últimas veces. Almorzó con su familia y luego volvió a su casa a pesar de las insistencias de las mujeres.

Estando en su casa, no sabía qué hacer con su tiempo libre, así que llamó a su hermano.

—Todavía no entiendo qué hace la gente en su casa cuando no trabaja… —dijo Bella apenas escuchó la voz de su hermano por teléfono.

—Estoy bien y ¿tú? —dijo su hermano pretendiendo haber escuchado un "¿cómo estás?"—. Veo que estás muy aburrida… Yo estoy tapado de trabajo. Si no estuvieras de baja laboral, te pediría ayuda. Necesito una secretaria —dijo sarcástico, sabiendo que a su hermana le molestaban los comentarios machistas.

—Mejor búscate un secretario —le contestó mientras se reía.

—¿Puedes decirme, sin que tu infidencia genere una catástrofe familiar, cómo le está yendo a mi secretaria en mi oficina?

—No tienes nada de que preocuparte, le está yendo muy bien. Es una señora con mucha experiencia, a la que deberías extenderle su contrato luego. Además, los ganadores de la licitación no se publican hasta la semana que viene, así que puedes descansar mientras tanto.

—Sí, lo sé, por eso estoy bastante tranquila, porque no puedo hacer nada para influir en el resultado.

—Exacto. Ahora debes ocuparte de ti… O mirar series en Netflix, o en Amazon, o en donde quieras.

Bella optó por ocultar a su hermano que tendría una reunión con Mark al día siguiente.

—Cuéntame de ti. Espero que no estés viendo a esa arpía de Larisa.

—Pues en este momento tengo mejores cosas para hacer, como hay mucho trabajo. Debería saber que a mí nadie me caza, no porque no pueda o no quiera, sino que no encontré todavía a la mujer de mi vida. Y esa Larissa, hermanita, no será la madre de mis hijos. Así que quédate tranquila.

—Qué bueno que me lo dices. Estaba muy preocupada… –dijo tartamudeando–. Aunque no le veo nada de extraordinario, todavía sigo pensando por qué Mark cae en sus redes una y otra vez.

—Ya te dije que Mark es un buen tipo, decente para los negocios, pero le falta poco de gusto para elegir pareja. Pero quién soy yo para opinar.

—Es verdad –le dijo pensando que tal vez Mark terminara siendo su cuñado.

—Y tú, ¿qué vas hacer ahora? Te queda el resto de la tarde.

—Bueno, creo que voy a comprar revistas de decoración —le dijo y automáticamente se arrepintió de haber abierto la boca demás.

—¿Quieres remodelar algo o estás completamente aburrida?

—Las dos cosas —contestó relajada de que los hombres no fueran tan suspicaces como las mujeres.

—Bueno, pero no te esfuerces, mira que tienes que descansar.

—Sí, sí, no te preocupes. Solo quiero que el día se termine y no sé cómo matar el tiempo.

—Deberías llamar a Ana, ella siempre tiene alguna actividad que está pendiente.

—Sí, tal vez tengas razón. Gracias. Te quiero.

Bella no le hizo caso a su hermano y salió como un Blitz a comprar revistas de decoración. Ahora que tenía tiempo, podía pensar cómo decorar la casa de sus sueños para luego darle las ideas a su decoradora amiga.

Para Bella todo era exageración desde el punto de vista probabilístico. Una revista jamás hubiera cumplido con las expectativas. ¿Qué pasaba si compraba la revista equivocada, y en otra de la competencia se encontraba la idea de sus sueños? Así que volvió cargada con diez revistas en su mano. Cuando se quiso dar cuenta, eran las nueve de la noche.

"¡Qué felicidad! Mañana comienza mi sueño. ¿Y qué pasa si le encanta el apartamento al verlo y ahí mismo se da cuenta de que soy todo lo que necesita en una mujer y me pide en ese momento matrimonio?", pensó mientras se reía.

—Bueno, bueno, cálmate que no se dé cuenta de que estás desesperada por él —se ordenó.

Bella se levantó como acostumbraba, bien temprano. Continuó hojeando las revistas y buscando en internet otras ideas, como en Pinterest, mientras hacía anotaciones. "Algo bueno tiene que salir de todo esto ahora que tengo el tiempo para mirar. Trabajando, jamás se me hubiera ocurrido comprar revistas".

Como mujer precavida, buscó en su guardarropas dos o tres atuendos para usar esa noche. Se probó los tres y todos los conjuntos le sentaban bien, mas dijo con firmeza:

—Será mejor que haga algo con mi cabello y me maquille, y concurra a la manicura y pedicura. Tengo que parecer una diosa cuando Mark me vea.

Bella salió de su casa una hora y media antes de la cita. El tráfico de Londres siempre es un desastre, y más si quieres tomarte un taxi en lugar del subterráneo.

—Demasiadas escaleras para subir bajar con los nervios que tengo —se dijo. "Mujer precavida vale por dos, dice el refrán", pensó.

Así llegó sin mayores contratiempos con media hora de anticipación a la cita. Decidió esperar en un café a unos metros de lo que sería su nuevo hogar. Diez minutos antes, se puso de pie y envío un mensaje a Mark: "Te espero en la puerta".

Cinco minutos después, no había recibido respuesta. Entonces lo llamó. Y el número de Mark saltaba al contestador directamente. Esperó unos segundos y volvió a intentarlo. Nuevamente el contestador. Decidió que lo mejor sería esperarlo dentro del edificio para que vieran que por lo menos un miembro de la pareja sí llegaba puntual, ella.

La vendedora de la inmobiliaria de pulquérrimo tinte gris platinado la recibió muy cortésmente, pero ni un solo cabello se le movió cuando dijo:

—Todos nuestros clientes se caracterizan por la puntualidad. Esta propiedad es una de las más buscadas, por la calidad de la construcción, por los detalles de categoría y por la ubicación. Estamos haciendo una excepción con ustedes.

Bella no podía dar crédito a lo que escuchaba, pero se tragó su indignación sabiendo que detrás de ella habría decenas de clientes deseosos de vivir en Notting Hill.

—Avísame cuando el señor llegue —le dijo a su secretaria.

Apenas se quedó sola en una pequeña oficina, Bella definitivamente volvió a tratar de comunicarse con Mark, corriendo peor suerte pues el contestador decía esta vez que el usuario no estaba disponible, y que debía llamar más tarde. De repente Bella se empezó sentir mal.

—¡No puedes hacerme esto! —le dijo a su cuerpo—. ¡Hoy no! Mark, Mark, ¿dónde carajos estás? —le preguntó al aire.

En ese momento se oyó una conversación de dos mujeres con un hombre y muchas risas.

—¡Está aquí por fin! —exclamó.

La puerta se abrió, la arrogante vendedora tenía el semblante cambiado, hasta parecía simpática y menos fruncida su actitud. Hasta el color gris platinado parecía más amigable.

—¡Hola, mi amor! —la saludó exultantemente tomándola con ambas manos por la cintura a Bella y besándola leve y dulcemente en la mejilla—. Perdón por la impuntualidad nuevamente y lo quiero decir delante de mi prometida, quien es más puntual que un reloj suizo —dijo mirando a toda la platea femenina.

—No se preocupe. Ahora que estamos todos aquí, podemos comenzar con la visita.

Bella no sabía si reír o llorar. Prosiguió con la charada, de eso valía que le concedieran el departamento o no.

El hombre la abrazada firmemente por la cintura mientras le besaba muy tiernamente su mano, sabiendo que la vendedora de cabellos platinados los estaba mirando por el rabillo del ojo.

La vendedora comenzó anunciando los detalles del edificio general y otros que solo se podían apreciar viéndolos personalmente, mientras subían por el ascensor hasta el ático.

El hombre le dijo a la vendedora:

—Todavía no puedo entender cómo es que un apartamento un ático de estas dimensiones, de estas características, sigue disponible.

—Bueno, es un secreto que bien pueden averiguar por internet, así que las mentiras aquí sobran. La pareja que había comprado el departamento se separó y el juicio de divorcio inconcluso impedía la venta final. Había muchos interesados, pero debido a la inestabilidad de la situación, terminaban decidiéndose por otro apartamento que sí estuviera disponible.

—¿Y se puede saber por qué buscan a alguien que esté comprometido o formalmente casado? ¿No le parece un poco anticuado?

—La actual dueña quiere cerciorarse de que quien compre su ático sea feliz. Como ella no lo pudo ser…

—¡Qué historia! —exclamaron ambos.

—Sí, es una historia muy romántica —contestó la vendedora.

—Además, ¿cómo puede cerciorarse de que la gente sea feliz?

—Nosotros vamos a ser felices, mi amor —dijo el hombre mientras besaba su mano derecha románticamente.

La agente inmobiliaria decidió que era mejor dejar a los tortolitos solos y que ellos recorrieran la casa por su cuenta.

—Tómense el tiempo que necesiten. Los espero abajo cuando estén listos —les informó estirando su mano para entregarles la llave.

Apenas escuchó el ruido de la puerta que se cerraba, Bella retrocedió un paso largo para librarse de los tentáculos del hombre.

—¿Cómo te atreves a venir sin avisarme? Y ¿dónde está Mark, si se puede saber?

—De nada, Bella, no tienes que agradecerme nada, no me importa sacarte de apuros o salvarte del pellejo… Por lo que podemos ver, esta señora nos venderá el apartamento —respondió sarcástico—. Gracias a mi atrevimiento —contestó con tono ofendido.

Bella reaccionó a tiempo y tomó su brazo para evitar que el hombre traspasara el umbral de la puerta.

—Lo lamento, Josh… soy una desagradecida. Estoy en deuda contigo, y por eso puedes venir a visitarme cuando quieras. Cocinaré para ti, abriré una botella de champán en tu honor apenas me entreguen la llave.

Sin embargo, Bella podía ver y sentir que Josh no estaba cómodo; su semblante había cambiado; sus ojos no brillaban como cuando pretendía hacer su prometido.

—Iré a observar la vista de la ciudad desde la terraza… —dijo abriendo la puerta vidriada.

—Me siento una muy mala persona en este momento, si te sirve de consuelo y te hace sentir mejor… Pero la invitación para visitarme sigue en pie… *forever*[46].

—Mejor recorre el apartamento y saca fotos de lo que quieras; yo te estaré esperando aquí o en la cocina.

---

[46] Para siempre.

Bella todavía tenía curiosidad por saber del paradero de Mark, aun así prefirió no preguntar. El horno no estaba para bollos.

Ya en el balcón, Josh no podía creer cómo Bella había podido conseguir semejante oportunidad. Aunque seguía decepcionado por el recibimiento, de repente comenzó a recordar cómo había sido que llegó hasta allí para tomar el lugar de Mark y salvarle el pellejo a Bella y su apartamento soñado...

–Hola, ¿Mark?

Mark reconoció la voz femenina al instante, y maldijo para sí.

–Larisa, ¿qué quieres? Estoy a punto de salir...

–Ah, ¿sí? Y ¿a dónde?

–Tengo que hacer cosas...

–Me imagino que cuando dices así "cosas" tan misteriosamente, estás diciendo que esa cosa que tienes que hacer significa hacerla junto con tu nueva, ¿cómo decirlo?, adquisición... Bella.

–Larissa, no tengo nada que explicarte...

–Bueno, pero en este momento necesito de tu ayuda y es algo muy urgente.

–Mira, si necesitas mi ayuda, por favor, puedes escribir un e-mail y veo con Josh cómo te puedo solucionar tu problema.

–Lo que tú no sabes es que salgo muy urgente... –mintió–. Papá no está bien. Quisiera explicarte algo, pero no lo haré por teléfono. Como te dije, es muy urgente. Si todos estos años de estar juntos te importaron o te importan algo, por favor, te pido que vengas porque papá no está bien.

Mark continuaba hablando por teléfono cuando Josh se asomó a su oficina. Debía recordarle que, si no salía en ese momento para su cita con Bella, podría llegar tarde si el tráfico estaba muy cargado. Sin embargo, Mark no se percató de la presencia de Josh y siguió discutiendo con Larissa un rato más. Así Josh decidió enviar un e-mail, único elemento que llamaría suficientemente su atención para leerlo.

Mark leyó el e-mail, sin embargo, al segundo mismo volvió distraerse, debido a que la temperatura de la discusión iba en aumento. Hasta que media hora más tarde, Josh decidió tomar las riendas de la situación y salió él mismo a encontrarse con Bella.

En otra situación, Josh hubiera tratado de convencer a Mark para que terminara su conversación y colgara. Pero esta vez era diferente.

"Te reemplazo con Bella, ya estoy retrasado". "Muchas gracias. Larissa sigue loca", escribió. "Y tú le sigues haciendo el caldo gordo a su locura", pensó Josh al leer su mensaje.

Luego que se guardó celular, sonrió internamente. Gracias a Mark podría volver a verla. Bajó corriendo las escaleras del *tube*[47], esperaba llegar en solo 20 minutos a la cita.

Mark cortó su conversación y tomó su maletín. Subió a su coche y condujo alrededor de 20 minutos hasta que llegó a un restaurante súper elegante totalmente apurado.

–Mario, buenas noches. –Saludó Mark al *maître* del restaurant en cuestión, mientras esperaba que lo condujera a la mesa para ver a Larissa y a su padre.

Sin embargo, se encontró con una mesa separada y más arreglada que de costumbre: velas blancas y una botella de champán en una charola de plata.

---

[47] Subterráneo.

—Mark, espero que te guste el arreglo, porque nos hemos esmerado. Larissa me dijo hace una hora que estaban celebrando su aniversario y que necesitaban una mesa —dijo orgulloso.

—¿Qué? —lo espetó Mark fuera de sí.

—Mark, Mark, Mark —llamó Larissa desde su espalda con tono condescendiente—. *Grazie mille*, Mario. —Despidió al maître, que se fue inmediatamente, orgulloso de su performance y servicio.

—¿Dónde está tu padre?

—Mi padre… mi padre… no sé… supongo que en Dubai —le respondió mientras arrojaba su cuerpo sin tapujos hacia él.

—¿Has tenido el descaro de mentirme tan vilmente? —dijo mientras paraba el peso del cuerpo de la mujer sosteniéndola por los brazos para que no se le apoyara.

—Bueno, bueno, no te hagas el santito conmigo…

—Creo que no he sido claro… Nosotros no tenemos nada más que ver…

Cuando Mark salió del restaurante sentía que se había librado de un peso tóxico que había cargado innecesariamente muchos años.

Mientras tanto, en el ático de Notting Hill, Bella se concentró en sacar fotos y tomar medidas de paredes y ventanas. Cuando volvió a la cocina, donde se encontraba Josh, el humor de este había cambiado para mejor y el brillo en sus ojos había vuelto.

—Creo que nos merecemos una cena, ¿a ti qué te parece? —invitó Bella.

—Que me estoy muriendo de hambre y estoy muy cansado para cocinar en mi casa. ¿Dónde quieres ir?

—A donde tú quieras… esta noche tú eliges —dijo galantemente Bella.

—Entonces podemos ir a un restaurante no muy lejos de aquí. ¿Qué estamos esperando?

—Bueno, bajemos y hablemos con la señora.

—Sí, sí.

Una vez que se encontraron con la agente de la inmobiliaria, la señora muy sonriente les dijo:

—He hablado con la dueña. Me ha autorizado a vender su apartamento, así que, si todavía están interesados, mañana mismo les envío los papeles.

Apenas escuchó la noticia, Bella saltó de alegría y abrazó saltando en el aire a un muy sorprendido Josh. Sus bocas casi se tocaron y sus ojos se miraron por un tiempo muy largo, más que el prudencial.

—O, si lo prefieren, pueden venir ambos a afirmar —dijo la vendedora muy solícita interrumpiendo el momento.

La proposición le cayó como un balde de agua fría a Bella. La vendedora estaba hablando en plural y no en singular. Todo se estaba complicando demasiado.

—Necesitaré entonces vuestros nombres completos para completar el boleto de compraventa.

Josh escuchó y miró preocupado a Bella sin decir una palabra.

—No se preocupe, tendrá todo lo que necesita mañana mismo —aseguró Bella.

Sentados ya en el restaurante, Josh propuso un brindis a Bella.

—Por tu apartamento, el cual es un poco también mío —bromeó.

—Por amigos inesperados como tú, sí, por un nuevo comienzo para mí.

—Salud —dijeron a coro.

Luego de ordenar y de comenzar a comer, Bella se dijo que ya era hora de poder preguntar por Mark.

—¿Me vas a decir dónde se ha metido?

—¿Quién? —preguntó haciéndose el desentendido.

—Vamos, no te hagas el distraído, ¡estoy hablando de Mark! ¿Dónde se metió?

—No sé si quieres saber la respuesta…

—Bueno, supongo que después de haberle hecho un gran favor y ayudarlo a cerrar el trato de su vida, haberse presentado aquí para devolver el favor no hubiera estado demás. Ni siquiera me ha llamado —reprochó—. Eso se llama desconsideración.

—Tienes toda la razón. Pero así es Mark, lo tomas o lo dejas.

—¿Cómo haces para trabajar con una persona como él? ¿Cuántos años hace que trabajas con él?

—Muchos más de los que quisiera… como cinco.

—Mmm, dime una cosa, ¿cómo es que conoces a mi hermano y yo no te conozco?

—Lo mismo me preguntaba yo cuando te vi llegar con ese vestido transparente a la cena gala.

—¡Vamos, no te hagas! —lo interrumpió Bella para cambiar la conversación.

El halago la ponía incómoda. "No quiero que piense que tiene oportunidad para algo más", pensó.

—¿Desde cuándo eres amigo de mi hermano?

—Estuvimos siempre en el mismo círculo de amigos de la universidad, pero no en el de amigos íntimos. La verdad es que, luego de terminar nuestras carreras y comenzar a trabajar, nos

veíamos siempre en distintas reuniones, congresos, casi sin pro-
ponérnoslo porque los dos somos abogados. Y así sucede hasta
hoy…

—Ya veo.

Fueron interrumpidos nuevamente por el camarero, quien
traía sendos platos de postre.

—Yo no le he pedido postre —dijo Bella extrañada mirando
al camarero.

—El señor Josh ordena siempre este postre. Esta noche me
he tomado el atrevimiento de traer uno para usted —dijo camarero en un inglés con acento italiano.

En otro momento, Bella hubiera puesto el grito en el cielo.
Nadie nunca había ordenado por ella un postre sin su permiso.
Pero estaba tan feliz, y había empezado entender además la
bondad de este nuevo, inesperado, amigo.

—Pues entonces tenemos que probarlo inmediatamente —le
agradeció sonriente mirando a Josh.

—No te arrepentirás —prometió.

—Más te vale.

Bella fue al tocador y cuando volvió Josh estaba listo para
partir.

—Tenemos que pagar, ¿verdad?

—Ya está todo pago.

Bella se ruborizó sin proponérselo.

—No debiste, pero muchas gracias.

Caminaron en silencio hasta encontrar un taxi. Bella lo
miró y le dijo:

—¿Vamos a tu casa o primero a la mía?

—Faltaba más. Vamos primero a tu casa —aseguró.

Cuando el taxi llegó al primer destino, para sorpresa de
Bella, Josh bajó con ella.

—¿Qué haces? ¿Vienes conmigo? —preguntó tímidamente.

—Bueno, la verdad es que no tomamos café en el restaurante, llegamos solo hasta el postre; así que quiero mi café —contestó en tono autoritario actuado.

—Bueno, entonces, si me lo pides así, creo que un café no se le niega nadie —bromeó.

Una vez adentro, en la recepción del apartamento de Bella, Josh se movía torpemente producto de los nervios; las manos le temblaban. Quiso tomar por los hombros a Bella, pero esta, sin darse cuenta, se le escapó en dirección a la cocina. Bella seguía concentrada en decorar primorosamente la bandeja en la que llevaría los cafés, hasta que Josh se paró a su lado en silencio. Bella comenzó a mover sus manos torpemente, pues sentía la masculinidad de Josh cercana a ella.

—No te pongas nerviosa —le dijo Josh tratando de que su propio nerviosismo no se notara, mientras tomaba con una de sus manos la barbilla de Bella para que sus miradas se conectaran.

Bella quiso decir algo, pero los labios de Josh apagaron su susurro. El primer beso fue un beso tierno, dulce y largo. Mientras la besaba una y otra vez, Bella pensaba: "¿Cuándo fue la última vez que alguien me beso así?".

—Se nos va a enfriar el café —dijo en broma, librándose por un momento de sus labios.

—No te preocupes, a mí no me gustan las infusiones muy calientes —le contestó Josh y volvió a besarla.

"Esto no estaba en mis planes —Bella volvió pensar—. Es más, este muchacho ni siquiera me gustaba… O al menos sí me gustaba, pero más me gustaba Mark. Y ¿por qué estoy pensando Mark ahora estando con Josh? ¡Ay, Dios mío! ¡Qué lío!".

Se reprimió y soltó poco a poco sus brazos y luego sus dedos enredados en los cabellos de Josh.

—Pasemos al living —invitó con el propósito de cortar el fuego que había en la cocina.

Mientras tomaba el café, Josh la devoraba con los ojos. Bella sonría tímidamente pensando en mil excusas para que Josh no pasara la noche con ella. Simplemente ella no era así, no le gustaban los encuentros carnales ni en la primera ni la segunda cita. Para Bella, el sexo debía ser con amor, con sentimiento, y para que ella pudiera sentir algo tanto su hemisferio derecho como su izquierdo debían comunicarse entre sí… Y hacía mucho tiempo, que no se ponían de acuerdo… Qué va, casi ni hablaban.

—No te preocupes que tomaré el café y me iré. Mañana tengo que levantarme muy temprano… Bah, en realidad, siempre estoy antes de las 6 a. m. —comentó muy solícito Josh.

"¿Cómo es que este tipo adivina mis pensamientos?".

Bella trató de negar con gestos lo que sus pensamientos pedían a gritos, solo por cortesía porque hasta ahora el hombre se había comportado con ella más que bien, era todo un caballero. Aun así, deseaba que la cita con Josh terminara en el café solamente. Deseaba pensar.

"Este beso, mejor dicho, estos besos no estaban en mis planes", pensó totalmente confundida.

—¿Me acompañas a la puerta? —rogó Josh mientras se ponía de pie.

Bella obedeció sin poner excusas, lo cual confirmó lo que Josh temía: estaba insegura. Sin embargo, sus besos y su cuerpo le decían otra cosa.

—Nos vemos pronto, me imagino —bromeó Josh.

—¿A qué te refieres?

—A nada, a nada —se excusó de la conversación, arrepentido—. Es tarde para mí también, estoy cansado.

Al escuchar su excusa, Bella sintió empatía. "Por lo menos, no es alguien que busca tener sexo porque sí con cualquiera, es selectivo".

–Mañana te llamo –prometió mientras abría la puerta.

Se agachó para volver a besar tiernamente a Bella antes de salir inmediatamente a la noche oscura. Bella cerró la puerta entrada de su casa y se apoyó de espaldas a ella.

–¿Qué sucede con Josh? No puedo estar usándolo porque me siento sola. Tengo que terminar esto, no se lo merece. Es una buena persona… Y yo también.

Se acostó en la cama para dormir, pero no lo consiguió. Daba vueltas y vueltas, y una vez más volvió a recordar cada uno de los muchos besos de Josh. Su aliento sobre labios, su lengua, sus manos, sus dedos enredándose entre su larga cabellera azabache.

–Bueno, basta, ¡es suficiente! –se ordenó. Y volvió a recordar los hermosos ojos verdes que no se había percatado que Josh tenía–. ¡Necesito dormir! Mañana tengo turno con la terapeuta –se recordó.

Y enseguida escuchó el sonido de su celular. Había recibido un mensaje: "¡Que duermas bien! Voy a pensar en ti…", leyó el mensaje de Josh.

–¡¡¡Ah!!! ¡Quién puede dormir con estos mensajes! No me va convencer, no me va convencer –se dijo voz alta, para convencerse a sí misma.

Luego de un rato de estar mirando el techo recordando una vez más sus besos, se preguntó–: ¿No me va a convencer?

Se rio y por fin pudo dormir nuevamente en una fase profunda de sueño.

Capítulo 8 - ¡Ah! el amor, el amor...

El sonido del despertador sacó a Bella literalmente del quinto sueño. Mientras se estaba bañando, escuchó que su celular recibía un nuevo mensaje. Bella sonrió en forma pícara y comenzó a divagar sobre qué excusa podría inventar para ver nuevamente a Josh, sin que fuera ella la que propusiera la cita.

Cuando fue a ver el mensaje, leyó: "Lamento mucho lo de anoche. Espero que Josh te haya sido de utilidad. No me olvido de que has sido vital para cerrar el trato de mi negocio. ¿Cómo te puedo compensar el haberte dejado plantada? ¿Cena? ¿Golf? ¿Polo? ¿Partido de fútbol?".

Bella no lo podía creer. El tipo más atractivo que hubiera visto en su vida se estaba disculpando. Sin embargo, esa pequeña victoria le sonaba un poco amarga, "en la cancha se ven los pingos",[48] seguramente eso diría su tío Alberto si le pidiera su opinión. Y lo que hasta ahora había visto de Mark... A plena vista se notaba que el tipo tenía una fijación con la gata de Larissa. Y eso no le gustaba. No quería comportarse como una arrastrada, para eso estaba él mismo con la felina de Larissa.

Además, también ahora estaba liándose con Josh... O al menos eso pensaba ella... Pero habían sido solo unos besos. Unos cuantos besos. ¿Y si Josh al verla la ignoraba olímpica-

---

[48] Dicho rioplatense de neto origen campero que expresa que los caballos – pingos– realmente buenos demuestran su calidad en el momento de la carrera. Podría equivaler al dicho "el movimiento se demuestra andando".

mente? No sería la primera vez que se ilusionaba con alguien que no le correspondía.

Sostenía todavía el celular en su mano cuando este volvió a sonar.

"Buen día, mi Bella hermosa", escribió en español Josh.

"Este mensaje no contará para tener que casarse, ¿o sí?", se rio pensando en su tía Carmen, quien ya estaría haciendo planes de boda si supiera de la existencia de Josh.

"Buenos días, ¡querido Josh!", le contestó en español.

"Hasta aquí ha llegado mi conocimiento de español. ¡Mejor seguimos en inglés!".

"*Your wish is my command*!".[49]

"Muy bien, muy bien, si es así o si va hacer así en el futuro, ¡seré un muchacho afortunado! Entonces, ¡mi deseo es que hoy debemos vernos!".

Bella sonreía a su celular. Ella también quería verlo.

"¿Dónde quieres que nos encontremos?".

"En lo de Bambi. Desde que te conoció, tiene una fijación contigo y quiere verte otra vez".

"Me suena un poco a emboscada, ¿no es cierto?".

"Mi tía es muy suspicaz, y se dio cuenta desde el primer momento de que ibas a ser mi novia tarde o temprano".

Bella no podía creer lo que sus ojos leían. La había llamado novia. Después de solo unos besos la noche anterior. Esto estaba muy serio. En otro momento Bella hubiera escapado rápidamente por la puerta trasera de sus sentidos sin ser vista. Pero ahora era totalmente diferente: quería estar con Josh.

"¿*Novia*?", le preguntó.

"¡Auch! ¿No te gusta el término *novia*?".

---

[49] ¡Tus deseos son órdenes!

"Me encanta", escribió y le envió un emoticón de risa.

"A mí más me encanta tu boca".

"¡Uf! –pensó Bella–. ¡Tengo calor!".

"Bueno, te dejo, tengo que trabajar, o simular que trabajo. Te llamo antes de salir. Por favor, si puedes estar lista y ser puntual, porque mis tíos son muy ingleses en ese sentido".

"Nuevamente te digo: ¡tus deseos son órdenes! ¡Besos!".

Josh sintió una extraña sensación porque el cinto de su pantalón de repente estaba muy ajustado. Avergonzado de que alguien llegara hasta su puerta, se sentó inmediatamente en su escritorio y no se movió hasta pasado un buen rato para que nadie que entrara en su oficina se percatara.

–Suerte para mí que no comparto oficina –dijo en voz alta.

Bella siguió preparándose para su cita con la terapeuta cuando nuevamente su celular sonó. Era Mark nuevamente.

"Me siento terriblemente mal contigo. Podríamos vernos el fin de semana si quisieras".

Bella recordó que el fin de semana su familia tenía una cita de caridad en la iglesia. Ella no iba muy seguido, pero bien podría invitarlos a él y a Josh. Harían trabajos manuales y luego servirían un almuerzo para las personas que viven en la calle.

"Pues, ahora que lo dices, el fin de semana es una idea maravillosa. ¿El sábado en la mañana está bien para ti?".

"Perfecto, no tengo nada planeado".

–¿Me parece a mí o este tipo está desesperado? Espero que no quiera utilizarme como pañuelo –deseó en voz alta–. Porque ahora Bella se encuentra ocupadita –le contestó en tercera persona simulando hablar con él por teléfono–. Sin embargo, querido Mark, te daré una lección que no olvidarás en tu vida.

"240 Lancaster Rd. Nos vemos a las 10 de la mañana del sábado en 240 Lancaster Rd, en la puerta. Sé puntual, detesto esperar. Es tu última oportunidad".

"Allí estaré para compensarte".

Bella reía para sus adentros. Había obviado decir que se trataba de la Notting Hill Methodist Church y que debería ayudarlos con tareas manuales. Durante todo el día.

La cita con la doctora Seymour fue igual que la vez anterior. Se acostó en el sillón Le Corbusier y, sin darle tiempo a la psicoanalista a comenzar la charla, le dio la misma respuesta: que no tenía nada para decir.

La doctora le dio una oportunidad para que hablara, pero al ver que Bella se mantenía en sus trece, cambió la estrategia.

–Habíamos quedado en… –La doctora Seymour leyó sus notas y dijo–: Habíamos quedado en que ibas a anotar en la tabla que te di dos cosas: la primera, la tabla de sueño, día por día, y la segunda, una lista de cómo podrías ampliar tu círculo de personas íntimas y luego… –La terapeuta trató de decirlo de una forma amable para no sonar dominante–… que podrías contarme el resto de tu historia. ¿Has escrito algo?

Bella escuchó atentamente lo que le decía su terapeuta, y se avergonzó un poco. Se había olvidado de todo lo que tenía que hacer para esa cita.

–Solo traje la tabla de sueño… es lo que más me preocupa… Por lo otro, perdón, doctora Seymour, es que no anote nada del tema del círculo de amigos, de eso no traje nada escrito.

–No te preocupes, me puedes contar ahora lo que ibas a escribir.

Pero precisamente Bella no había escrito nada porque no tenía ganas de contar nada de su familia. Eran sus tíos, sus primos y su hermano, y nadie más. Sus problemas los arreglaban a puertas cerradas. No tenía ganas de ventilar su familia con un extraño. Pero ¿cómo explicarlo?

La psicóloga no se dio por aludida. La esperó tranquilamente en silencio mientras leía el informe que Bella había traído completo. El silencio reinaba en la habitación hasta que la psicóloga sacó el tema de la tabla.

—Veo que aquí mencionas que tu vecino de arriba corre muebles en la madrugada…

—Sí, es verdad. No me había percatado antes. Le hice el comentario a mi vecina de enfrente, que sí lo conoce, y me comentó que trabaja en una fábrica en el turno de la noche y vuelve a la madrugada.

—¿Has pensado en hablar con él?

—Bueno, creo que no va a ser necesario…

—¿Por qué? ¿Se muda?

—No, me mudo yo…

—Felicitaciones por la rapidez en mejorar tu situación.

—Fui a una cita para comprar un apartamento…

—¡Felicitaciones nuevamente! ¿Fuiste sola o te acompañó alguien de tu familia?

—Fui con mi novio —Bella se sorprendió de escucharse hablar de Josh.

—Oh, no me habías contado eso… Háblame de él, por favor.

—Bueno, ahora no tengo muchas cosas que contar, porque estamos juntos desde hace muy poco. —De repente Bella levantó su torso y le dijo a la doctora—: Anote eso en el apartado de cómo ampliar mi círculo de personas íntimas.

La doctora ni se inmutó por el comentario, sino que siguió preguntando conforme leía la tabla.

—Aquí leo también que dices que unas de las ventanas hace ruido por el viento…

—Sí, es la de la cocina que a veces la dejo semiabierta para que se ventile un poco la casa y luego me olvido de cerrarla antes de ir a dormir.

—Supongo que ahora la cierras…

—Así es.

—Aquí leo también que hay trenes que pasan por la noche y que te despiertan.

—Así es, son trenes de carga que, aunque están a 300 metros de distancia, igual mi sentido de audición los oye…

—Bueno supongo que el problema de tu vecino y el tren pronto se solucionarán, ¿verdad?

—Sí, muy pronto —dijo pensando en que tenía un problema que se llamaba "no tener marido" para cumplir los requisitos de la venta.

—En general, veo que te acuestas relativamente tarde, siempre pasada la medianoche y luego te levantas como a las 7 de la mañana…

—Sí, es que a veces dejo el televisor encendido y me duermo con él…

—Bueno, tienes que apagarlo. Es más, tienes que sacarlo de la habitación.

—¿Tan drástico?

—¿Quieres o no quieres conciliar el sueño?

—Sí, sí.

La terapeuta siguió leyendo la tabla y dijo:

—Entonces veo que duermes alrededor de 5 horas y media o seis en el mejor de los casos… ¿Es suficiente para ti?

—¡No! Me cuesta mucho levantarme, pero luego duermo una siesta para recuperar…

—Bueno, entonces deberás levantarte a la hora de siempre, si es a las 6 o las 7, y luego no dormir siesta aunque te estés muriendo de sueño. ¿Estamos de acuerdo?

—Estamos de acuerdo…

—Entonces, nos veremos la semana que viene.

Cuando encendió nuevamente su móvil, encontró dos llamadas perdidas de su prima y una de Carmen.

—Ana, ¿cómo estás?

—¡¡¡Hemos recibido los vestidos y tenemos cita para probarlos!!!

—Si te soy sincera, no me apetece viajar a Milán nuevamente. ¡Perdón!

—No seas boba, la cita es aquí en Londres.

—Entonces no hay problema.

—¿Te sucede algo? Noto que hoy tienes mala vibra. ¿Es por mí?

—¿Cómo se te ocurre? Es por la terapeuta…

—¡Ah! —Se rio—. ¿Cuántas veces más tienes que ir?

—Supongo que como dos meses, obligatoriamente. Luego de eso, no me verá ni un pelo…

—Bueno, dos meses se pasan volando, sobre todo si tienes que ir una vez por semana. Mira, ¡en tres meses tenemos mi despedida de soltera!

—¡Es verdad! ¡Perdón mi olvido! Facilítame la lista de tus invitadas.

—No te preocupes, mamá se está ocupando… No quiere que te estreses de más —aclaró conociendo a su prima como la palma de mano.

—Quiero hacerlo —dijo con ternura.

—Lo sé, pero yo quiero que te mejores para mi casamiento, no que te enfermes… Sé que esto de los vestidos ya te estresa, ni hablar de organizar un viaje a la isla de Madeira.

—¿A la isla de Madeira? —preguntó a los gritos.

—Sí, sí. Ya tenemos los traslados y el hotel. Por el vuelo, no te preocupes…

—Pero es lo más importante… si no, ¿cómo iríamos? ¿Nadando?

—¡Ay, Dios mío!

—¿Qué?

—Tenemos el jet de Francis…

—Ay, a veces me olvido de que estás a punto de casarte con Ricky Ricón… —dijo entre risas.

—Es perfecto, hermoso, de buen corazón y millonario…

—Una cosa… No quiero angustiarte, pero somos como quince o más solteras, o divorciadas, o…

—El jet tiene lugar para treinta personas. Además llevamos a tres peluqueras y dos maquilladoras para que se ocupen de nosotras. Hay lugar de sobra. Ah, y también irá un fotógrafo, pero irá en un vuelo de línea. No queremos hombres en mi despedida de soltera en el mismo avión.

Silencio. Bella por primera vez se sentía dichosa de estar ocupada con su terapeuta.

—Y yo aquí, luchando para que me den el alta médica y poder volver al trabajo… —dijo con sorna.

—¿Cuándo vienes a cenar o almorzar? Estas muy solitaria últimamente…

—No es verdad…

—Pero que sí, te quedas encerrada en tu casa sin ver a un alma… Te va a hacer mal, querida Bella

—Bueno precisamente, últimamente estoy un poco encerrada o aislada, pero no sola… precisamente no ayer por la noche…

—¿Quééé? ¿Quién es? ¿Lo conozco? ¡¡Tienes que contarme todo con lujo de detalles!! ¿No estás un poco débil, digo, para, tú sabes, hacer ciertos movimientos?

Bella ignoró el comentario y se limitó a decir:

—Creo que sí lo conoces, pero mejor te lo cuento todo mañana si quieres…

—¿Mañana? ¿Por qué no hoy?

—Porque hoy lo veo nuevamente, querida…

—¡Fiu fiu! —Silbó su prima en señal de aprobación—. Hum, qué romántico… Lo viste ayer, lo vuelves a ver hoy… ¡no me aguanto la curiosidad! Pero, por favor, no hagas nada… Yo entiendo la pasión de los primeros encuentros, pero primero está tu salud… ¡Bella!

—Quédate tranquila. Es un caballero.

—Bueno, se puede ser un caballero y aun así pretender abusar de Milady caballerosamente…

Bella casi escupe por la cantidad de bobadas de su prima en menos de dos minutos.

—¡No le cuentes nada a Carmen! —ordenó tratando de cambiar la conversación, sin éxito—. ¡Deja que sea yo la que le cuente! Ya sabes cómo se pone cuando es la última en saber las cosas.

—Te lo prometo —contestó resoluta.

En realidad, era una promesa vacía porque Carmen se caracterizaba por poseer una antena receptora de señal celular propia en sus oídos.

—Bueno, te dejo, tengo que ir a la peluquería.

—Esto va en serio entonces.

Bella puso los ojos hacia arriba en señal de reprobación.

—Recién nos estamos conociendo…

—Será mejor que se comporte entonces…

—Hoy voy a visitar a sus tíos.

—¿No tiene padres vivos?

—Ni idea…

—Ejem, veo que fueron directamente a lo de ustedes sin preguntarse los nombres… ¿Es soltero? ¿Tiene hijos?

—Eres insoportable… Voy a cortar.

—¡Te quiero! Cerciórate de la dirección, de que sean sus verdaderos tíos…

—¡Adiós! ¡Adiós!

—¡Taxi! —gritó Bella un segundo más tarde, mientras cortaba la comunicación.

Cuando salió del salón de belleza con nuevo color, mechas y manicura y pedicura, Bella ya tenía en mente qué conjunto vestiría esa noche. La primera impresión es la más importante. Bueno, en este caso, la segunda. Se rio. Pero antes debería pasar por la florería a buscar el mejor ramo de su vida. "Josh se merece que me porte bien con sus tíos", se autoconvenció. En realidad quería a toda voz ser aceptada por su familia.

Capítulo 9 - Bambi

Puntualmente a las seis de la tarde, Josh pasó a buscar a Bella por su casa. Cuando esta abre la puerta, Josh casi se desmaya de lo hermosa que estaba. Josh pensaba besarla ni bien la viera, pero Bella llevaba un carmín en los labios y no se atrevió a arruinar su maquillaje ni que él terminara todo manchado de rojo, cual boca de payaso. Así que optó por un tierno beso en la mejilla y un abrazo muy fuerte.

—¡Estás hermosa! Pensé que las chicas de computación solo se ocupaban de comprar las más caras computadoras —dijo en tono bromista.

—Pensaste mal, querido, tenemos gustos muy caros. Además de comprar los últimos modelos de las mejores computadoras.

Ya subidos al coche, Josh le sonreía mientras conducía sin poder dejar de mirarla.

—Mejor miras para adelante y te concentras en el tráfico porque no vamos a llegar, o al menos no vamos a llegar de una sola pieza.

Bella se dio cuenta de que estaba llegando porque el coche disminuyó su velocidad y un portón abría automáticamente.

—¿Estás lista?

—¿Para qué?

—Para contestar los cientos de preguntas que mi tía Bambi te hará.

—No tengo nada que ocultar, además yo también tengo que preguntar cosas sobre ti, así que será una lucha de preguntas cuerpo a cuerpo.

—No me imaginaba que fueras tan curiosa…

—Bueno, todavía estás a tiempo de huir –dijo entre risas.

Josh no dijo nada, se limitó a sonreír simplemente. Estaba simplemente feliz, como hacía mucho tiempo que no lo era.

Se montaron en un ascensor que daba directamente a la casa. Una vez que llegaron al piso correspondiente, las puertas del ascensor automáticamente se abrieron por los costados, pero había una puerta principal de madera, que se abrió unos segundos más tarde.

—Buenas tardes, señorito Josh. –Hizo una pausa y miró–. Señorita Martínez. –La saludó un hombre vestido de uniforme.

—Buenas noches, John.

Bella no sabía cómo saludar: si llamarlo por el nombre de pila que acababa de escuchar, o si preguntar por su apellido. De cualquier manera, se sentía muy torpe y terminó balbuceando algo medio inentendible entre el saludo de buenas noches y el nombre John.

El hombre los condujo hacia el living del apartamento y enseguida aparecieron Bambi y Ben.

Para romper el hielo, el mayordomo apareció con tragos y cocteles diversos: Campari orange para Josh, Bloody Mary para Ben, Porto para Bambi. Y, separada, una copa de champán, que le fue ofrecida a Bella, y esta inmediatamente se sirvió con sorpresa.

Ben levantó su copa y dijo:

—Bienvenida, Bella, espero que sea la primera de muchas visitas. ¡Salud!

—¡Salud! —dijeron los tres restantes a coro y bebieron un sorbo.

—¿Cómo sabía que mi bebida favorita era el champán? —le preguntó a Bambi.

—Querida, no tengo mérito alguno. Que estés bebiendo tu bebida favorita se lo debemos a Josh.

Bella no salía de su asombro en lo concerniente a Josh.

Conversaron de bueyes perdidos y, una vez que terminaron de beber sus cocteles, el mayordomo anunció que se podía pasar al salón comedor, pues la cena estaba lista.

Los hombres se pusieron de pie antes que las damas y Ben gentilmente le ofreció su brazo a Bella. El gesto le pareció particularmente grato y lo aceptó de buena gana. Josh hizo lo mismo con su tía.

Mientras Bella caminaba guiada por Ben, sus ojos no podían creer la calidad de obras de arte dispuestas primorosamente en el apartamento. John, el mayordomo, se les adelantó, abrió de par en par la puerta y dio un paso al costado para dejarlos pasar.

La mesa del salón comedor era la visión de una revista de decoración. La porcelana dispuesta en la mesa era de color blanco con dibujos de ramas color azul azabache. Las copas eran de cristal azul tornasolado. Había velas y sus candelabros de más de 70 centímetros que no molestaban la conversación entre los comensales enfrentados. El mantel era todo blanco, mas las puntas terminaban en un bordado azul que hacía juego primorosamente con las servilletas en azul tornasolado. El tío Ben se sentó en la cabecera y el lugar de honor estaba dispuesto para Bella.

—¡Qué honor! —exclamó—. Siento que no lo merezco —dijo, disculpándose inmediatamente.

—Querida —dijo Bambi con simplicidad—, si eres buena para Josh, para nosotros también lo eres.

Bella miró a Josh, quien le guiñaba un ojo. No entendió en ese momento cuán serio era para Josh haberla traído a cenar con sus tíos.

Mientras seguían conversando sobre personas allegadas a ellos, Bella tuvo oportunidad de observar con más detenimiento la mesa. La vajilla era obviamente de plata y Bella pudo leer que estaban grabadas con iniciales entrelazadas. Sin pensarlo dos veces, Bella movió uno de los cubiertos, pero sin levantarlo, y se preguntó qué significarían "B B H E".

—Ben Hadley y Bambi Everleigh —dijo Bambi.

"Uf, me están observando todo el tiempo", pensó Bella.

—Es precioso… —dijo tímidamente.

—Tú tendrás los tuyos también… algún día —murmuró casi al pasar Bambi.

Los ojos de Bella se abrieron del tamaño de dos escudos de armas de medievales.

John comenzó a servir vino asistido por otra empleada que servía el plato de entrada. Bella pensó en que todo estaba yendo demasiado rápido para su gusto y se preguntó por qué.

—Dinos, Bella, a qué te dedicas…

—Bueno, en este momento a nada…

—¿Estás en busca de trabajo? —preguntó Ben.

—No, estoy de baja temporal, porque estuve a punto de caer en *burn-out*.

Silencio entre todos los comensales.

—Me imagino que deberás seguir un tratamiento —comentó Bambi—. Discúlpanos si tienes restricciones de dieta… Josh, ¿cómo no nos has dicho? —lo retó.

Josh estaba colorado como un tomate, sin poder emitir palabra alguna.

—Oh, no se preocupen… No tengo tales restricciones, más bien todo lo contrario, debo alimentarme más y dormir mejor.

—¡Ah! ¡Qué bueno escucharte que no tienes nada serio! —suspiró Bambi.

Bella seguía sorprendida. Bambi era como la copia carbónica de su tía Carmen, muy madre. La diferencia residía en que Bella no conocía en profundidad a esta señora.

La conversación volvió a girar en torno a otras situaciones por dormir y comer mal, y la imaginación de Bella también. Estaba obsesionada con un jarrón de Lalique apoyado sobre una columna de mármol blanco.

La cena transcurrió sin contratiempos. Llegaron al postre y, nuevamente, Bella volvió sorprenderse: el postre estaba hecho por un maestro *patissiere* que supo trabajar en el Hotel Ritz de París. Luego pasaron al living nuevamente para tomar bebidas espirituosas.

—No sé si a una muchacha tan joven como tú le gustará el coñac…

—No soy tan joven como parezco —bromeó Bella—, y me gusta el coñac, pero más me encanta el armañac.

—Veo que tienes gustos definidos, me alegro. —Hizo una pausa, pensó algo y dijo—: Por suerte, también tenemos armañac y una cosecha de 1906 que todavía no he abierto, pero que en tu honor lo haré. —Miró al mayordomo John y le dijo—: Proceda, por favor.

Bella no sabía qué decir, recién los conocía, pero no quería ser malagradecida. Sus tíos, Carmen y Alberto, siempre decían que si alguien quiere ofrecerte algo con cariño y para hacerte sentir bien, debes aceptarlo.

—Con mucho gusto, entonces —agradeció. "Eres una grandulona obediente", pensó.

Luego del café y los *petite fours*, Bella estaba ya fuera de combate. Peleaba con sus ojos para mantenerlos abiertos. Bambi se percató y dijo:

—Debes estar ya cansada, querida. —Le tocó el brazo y dijo—: Repitamos este encuentro, pronto.

Se despidieron de los tíos y Bella no sabía si estar súper contenta o si sospechar que ahí había gato encerrado. ¿Por qué de repente tan amorosos con una extraña?

Josh manejaba el coche en silencio. Al poco rato le dijo:

—Estás muy pensativa otra vez.

—Tus tíos son muy efusivos. Parecen latinos, pero son ingleses… Aquí hay gato encerrado —le dijo en tono serio, pero con los ojos chispeantes.

—Es verdad, parecía que mi tía Bambi estuviera en su baile de promoción… Perdónala, no tiene hijos, solo me tiene a mí. Y yo me dejo mimar… —concluyó pícaro—. Además, eres la primera novia que llevo.

—¿Me estás tomando el pelo? ¿A tu edad y nunca le llevaste una novia?

—Si lo que quieres saber es que si tuve novias, relájate. La respuesta es más que obvia. Pero nunca me interesó ninguna lo suficiente como para presentársela a mis tíos.

—Bueno, digamos que no tenías más remedio… Los encontramos en el evento del polo… —justificó Bella para bajar el tono y el rumbo de la conversación.

Josh no comentó nada más y se limitó a sonreír. Por fin la tenía en su auto, sola.

Estacionó en frente de su casa y se bajó esperando ser invitado a entrar. Bella le dijo:

—Mañana es un día complicado y debo levantarme temprano. Pero el sábado me gustaría volver a verte. Tenemos un evento de caridad en la iglesia y sería la oportunidad ideal para presentarte a mi familia. ¿Qué te parece?

—Después de todo, si todos son tan amables, no veo por qué no lo puedo hacer parte también… Sin ningún tipo de obligación a casarme… ¿verdad? —se dijo, y le dijo lo mismo, obviando la parte del casamiento.

—Lamentablemente, el sábado tengo un compromiso que no puedo posponer —informó serio—. Pero podemos vernos el domingo si puedes.

—El sábado también viene Mark. Me escribió ayer para pedirme disculpas.

Josh se quedó un poco callado ante la noticia. Bella se sentía un poco incómoda también por la situación. Deseaba no haber invitado a Mark viendo ahora la reacción de su novio, Josh. Pero a lo hecho, pecho… Necesitaba, sin embargo, dejar algunas cosas en claro. Eso esperaba que no oscureciera la situación aclarando.

—Realmente necesita una lección por desconsiderado. Después de esta vez, no creo que lo vea, a menos que tú me invites a una de las tantas fiestas que participan.

—¿Sientes algo por él o me parece? —dijo por fin.

—Sabes bien que al principio sí me interesaba. Pero ahora estoy contigo.

—Creo que tendremos que tener esta conversación en otro momento —dijo por fin—. Sí, deseo preguntarte otras cosas más profundas también. Ya es tarde y ambos estamos cansados.

Se bajó inmediatamente y ayudó a bajar a Bella de la mano, y se la besó amorosamente.

—Que sueñes con los angelitos… Es decir, conmigo. —Rio sellando su deseo con un beso tierno.

Apenas cerró la puerta, los zapatos volaron por la entrada dc la casa.

—¡Qué dolor de pies!

Luego recorrió el tocador.

—Mantener la belleza y la turgencia de la piel es primordial para no agregar años a la cara —dijo.

Bella meditó en lo privilegiada que era en haber encontrado sin querer a Josh. No era celoso ni posesivo. No estaba tan segura de que, de haberse invertido los roles, ella estuviera allí, mirando el techo de su casa tan tranquila. Tal vez a estas alturas, si estuviera en los zapatos de Josh, hubiera agarrado a la vieja en cuestión, una Mark de sexo femenino, por los pelos, aunque esta vieja fuera la jefa de mi novio. Rio un poco por lo gracioso de la situación.

—Necesito dormir —se dijo al espejo una vez que ya no tenía rastro alguno de maquillaje.

Ya acostada en la cama, envió un mensaje a su hermano: "Tenemos que juntarnos y hablar urgentemente. Mañana. Ahora me voy a dormir. Besos".

"Evidentemente, cuando uno no busca novio, lo encuentra sin querer" fue lo último que pensó antes de quedarse dormida, nuevamente en fase profunda.

En el viaje de vuelta a su casa, Josh llamó a su tía desde su auto.

—¿Hola?

—Bambi, quería agradecerte. Te has pasado… estoy sorprendido. Has sacado la vajilla destinada a los reyes —dijo riendo.

—De nada, sobrino de mi alma, y dime, ¿ya se quiere casar contigo?

—Bambi, Bambi, por favor, no la espantes… Recién nos estamos conociendo…

—Sin embargo, yo siento como si la conociera de toda la vida. Además, siempre quise una niña y, bueno, si todo marcha sobre rieles…

—Por favor, no trates de ser casamentera, o Bella saldrá corriendo.

—¿Por qué? ¿Te ha dicho algo? ¿No ha estado cómoda en la cena?

Josh hizo una mueca en señal de falta de vocabulario femenino. Hizo una pausa mientras balbuceaba cosas.

—¿Hola?

—Sí, tía, estoy aquí, conduciendo… Bella ha quedado muy impresionada, dice que adora tu mobiliario, tu casa, dice que eres fantástica —contestó dorándole la píldora.

—Bueno, entonces, ¿cuándo quieren venir nuevamente? —preguntó llena de entusiasmo.

—El sábado tenemos nuestro asunto y ella colabora en su organización caritativa de su iglesia. Así que este fin de semana será imposible.

—Ah, esta chica está llena de sorpresas. Deberé entonces extenderle una invitación a participar de nuestro Rotary.

Josh meneó la cabeza en señal de disconformidad.

—Espera a que ella te lo cuente en una de nuestras cenas, entonces ahí la participas. Pero no te prometo nada. Tal vez esté muy ocupada.

—¡Qué absurdo! —exclamó—. Las mujeres podemos hacer varias cosas a la vez… Pero, para tu tranquilidad, esperaré a verlos juntos en casa. Además, si esta chica está de baja por enfermedad, tal vez no pueda hacer mucho… Entonces, ¿por qué no vienen al castillo mejor? ¡Qué buena idea que he tenido! — exclamó.

—Tía, tía, tía. Ya veremos. Ahora te dejo, que estoy entrando en mi garaje y pronto perderé la conexión. Que descanses. Salúdame al tío.

—Gracias, querido. Así lo haré.

Apenas Josh llegó a su casa, abrió su computadora y envió un ramo de rosas para el día siguiente a las 8 a. m. para Bella.

—Espero que te gusten las rosas, y que sea lo primero que veas mañana, tan madrugadora como eres, Bella. ¡A dormir!

Capítulo 10 - Josh, Josh

—¡Te digo que por nuestra parte está todo listo! —confirmó Ana Belén.

Los dos hermanos y el primo estaban sentados en la cocina desayunando y rebanándose los sesos para encontrar una idea.

—Bueno, pero ¿a dónde vamos nosotros? —preguntó su hermano Eugenio.

—Eso sí que no lo sé, querido. Elijan ustedes. La única condición es, ya sabes, no burdeles, no sexo, no perversión. Y no lo digo por el santo de Francis, jamás se le pasaría por la cabeza. Lo digo por…

—Lo dice por mí —interrumpió Federico—. No te preocupes, jamás he pagado por sexo y jamás lo haré. Y menos para que se divierta otro.

—Bueno entonces solo nos falta elegir el lugar —concluyó Eugenio con cara de circunstancia.

—Y ¿se puede saber por qué se llevan ustedes el jet y no nosotros? —preguntó Federico—. Eso es discriminación.

El teléfono móvil de Ana sonó. Era su prometido. Ana se levantó de su silla para atender la llamada con más privacidad.

Bella había llegado hacía solo un momento a la casa de sus tíos y pudo escuchar toda la conversación.

—Buenos días para todos. Ah, ¡qué bueno que no me ocupo de organizar despedidas de solteros! —exclamó.

—Eres muy afortunada —dijeron a dúo los primos una vez que Ana Belén estaba fuera de la vista.

—¿De verdad todavía no saben a qué lugar ir? —preguntó en broma Bella, divertida.

—No te hagas, este tema nos está matando…

—¿Por?

—Porque la mayoría de los conocidos de Francis no tienen tiempo para tomarse un fin de semana y salir a pasear… O están todos casados con hijos, y algunas de las esposas, obvio, no los dejan ir, o los otros solo quieren ir una sola noche de parranda por ahí… —confesó apesadumbrado.

—Y después estamos nosotros dos —dijo Federico—, que no podemos permitir que el novio se resbale y vaya por la mala senda.

—¡Amén! —dijo Eugenio en broma.

—Ahora, ¿era necesario irse un fin de semana por ahí? —le preguntó Federico a su hermana en voz baja para que no escuchase Ana.

—¿Era necesario que la boda ocurra en Londres y en Milán, que compremos vestidos en Londres y en Milán, que tengan casa en Londres y en Milán? —repreguntó Bella. Y sin esperar, acotó—: Si así no fuera, no sería Ana. Me alegro de que haya encontrado a alguien que la entienda tan bien como para cumplirle todos los caprichos.

—Es verdad… pobre Francis —bromeó Federico—. Deberíamos hacer algo muy pero muy especial… Se lo merece de verdad… No sabe dónde se está metiendo…

—Sí que lo sabe —interrumpió Ana Belén.

—Bue, creo que le has contado la mitad del cuento, hermana. Yo no pienso abrirle los ojos —dijo Eugenio muerto de risa.

—¡Son dos víboras! Hablando mal de su hermana y de su prima... Cuidado, que se pueden envenenar si por casualidad se muerden la lengua.

—Contamos con el antídoto y la cantidad necesaria para no morir.

—Bueno, al final muchas bromas, pero no sabemos dónde ir...

—¿Todavía no lo saben? —gritó Ana.

—Sí que lo saben —dijo Bella apiadándose de los muchachos.

—¿Tú no estabas hablando con tu prometido? Vete y deja de escuchar conversaciones privadas —la reprendió Eugenio.

—Por favor, no me cuenten, que no quiero saber... —rogó Ana saliendo inmediatamente del comedor.

—¡No lo haremos! —dijeron a coro.

Una vez solos, los dos primos miraron a Bella, rogando por su ayuda.

—Yo soy especialista en computación. Si por mí fuera, iría a un pub o a un restaurante para celebrar la despedida de soltera, y listo... —contestó al pedido.

—Entonces, vamos a un pub y tendremos asistencia perfecta de los muchachos.

—¡Somos unos genios! —dijo Federico.

—La idea era mía, ¡ladrones!

—Exactamente, lo remarcaremos en caso de que Ana ponga el grito en el cielo...

—¿Y por qué lo pondría, si se puede saber? Su despedida prácticamente la organizó ella misma. No puede organizar la despedida de soltero de su novio también. Y si no le gusta, no es nuestro problema —dijo Bella muy pragmáticamente.

—¿Cuándo se van ustedes con el jet? —preguntó su primo.

—En un mes más o menos. La verdad es que Carmen sabe más que yo… ¿Tú te imaginas quince mujeres en un jet? Si el piloto no se tira antes de llegar y nos deja maniobrando solas el jet, será un verdadero milagro… —Se rio a carcajadas.

—Al tipo tienen que pagarle doble jornada —aseguró Federico.

Un mensaje de texto en el móvil de Bella sonó esta vez.

"¡Buenos días! ¿Te gustaron mis flores?".

Bella puso un gesto asombro.

"¿Qué flores? Estoy en la casa de mi tía".

"Ahh, entonces me imagino que las tendrás en la puerta".

"Ay, Josh, lamento no estar en casa para verlas. Luego te llamo. Besos", escribió.

—Nos llegó el cuento de que estabas viendo a un muchacho… —comenzó Federico.

—No se puede guardar un secreto y querer contarlo de primera mano —se quejó mientras guardaba su móvil.

—¡Felicitaciones! Bueno, ahora cuéntanos algo jugoso del muchacho en cuestión —pidió Eugenio.

—¡No empieces hasta que yo llegue! —ordenó Ana a lo lejos.

—¡Se llama Josh! —gritó a todo pulmón para que su prima oyera.

—Justo ahora nos quedamos sordos para oír todo lo demás… la parte no apta para menores de 18 —le dijo Federico a Eugenio.

—¡Degenerado! —Golpeó en la nuca a Federico su tía Carmen recién llegada.

—Bueno, cuéntanos a qué se dedica —pidió Carmen mientras la saludaba con un beso.

—Es Josh, Josh, ¿mi amigo? —preguntó Federico.

—Sí, así es —contestó con una sonrisa.

—Pero ¿no te gustaba Mark? —le repreguntó su hermano confundido, tocándose la nuca que todavía le picaba por el coscorrón recibido.

—¿Quién es Mark? —preguntaron los miembros ignorantes a coro.

Bella lanzaba saetas con su mirada hacia su hermano.

—Mark es el jefe de Josh... Cuando lo conocí mejor, me desencantó; en cambio, cuando conocí mejor a Josh, me fascinó.

—Me hubieras avisado, hermana... Yo todo este tiempo aguantándome a esa flaca de Larissa, solo porque tú me lo pediste... Justamente ayer salí con ella.

—¿Quién es Larissa? —volvieron a preguntar.

—Lo siento, hermano... —dijo moviendo la boca.

—Larissa es la exnovia de Mark. Parece que tiene por afición liarse con el cuerpo de bomberos de Lewisham.

—¿Sigue saliendo con la tipa? —preguntó extrañado Federico.

—Por fin encontraste a alguien a quien le gusta picotear por todos lados como a ti —contestó Ana.

—Me pregunto en qué momento se ven... La tipa vive instalada en mi apartamento... Y la verdad, ya es tiempo de que se vaya...

—Hum, qué raro... —comentó Bella.

—No puedo creer que mis oídos sean testigos de esta conversación —intervino Carmen.

—¡Perdón, tía! Me había olvidado de que estabas aquí. —Y mirando a su hermana, le dijo—: No cuentes más conmigo para sacarte competidoras del camino...

—Ya no necesito de tus servicios, *brother*.

—¡Pero yo sí necesito de tus servicios! —exclamó Ana Belén con una idea en la cabeza.

—¡Primo! ¡No sabía que eras un gigoló a sueldo! —comentó Eugenio muerto de risa.

—¡Déjenme en paz! Y eso que estás pensando Ana ya me lo pidió tu prima, para que vigile a la ex de Francis en tu casamiento. Pero no, no quiero más estar con tipas porque ustedes me lo piden. Que cada una se saque de encima a las competidoras como pueda… Y ahora tengo que irme a trabajar. —Se despidió no sin antes besar únicamente a su tía.

—Llámame, hermano, todavía tenemos que hablar —rogó Bella.

—Esta noche paso por tu casa. Espero que estés sola… —dijo socarronamente.

—Yo también tengo que ir a trabajar —dijo su tía—. No comenten nada hasta que yo no vuelva por la tarde.

Una vez que escucharon el ruido de la puerta de calle que se cerraba, los primos volvieron a lo suyo.

—Si Federico no me apoya, entonces me tienes que apoyar tú, hermano.

—Yo me quiero divertir y emborrachar en tu casamiento, no quiero jugar al detective…

—Hermano, nunca te pido nada… Esto es serio.

—Bueno, a ver, ¿con quién se casa Francis? ¿Con la otra o contigo?

—Eso es lo mismo que yo le digo —se metió Bella.

—¿Qué tiene de especial la otra que te hace sentir insegura?

—¡Todo! ¡Ella es *high society*[50]! ¡Y nosotros somos solo *self-made new rich people*[51]!

—¿Y eso qué tiene que ver? No me digas que sufres de complejo de inferioridad —Rio su hermano.

—Bueno, yo la entiendo. En mi caso, ya bastante tenemos con ser huérfanos, detestaría tener que vivir pobre en Londres.

—A ver, chicas, chicas. De los orígenes no se escapa, es parte de nosotros, nos engrandece a nuestra vista y a la de los demás. Porque donde estábamos es la razón por la cual ahora somos exitosos.

—¿Desde cuándo estas así, tan Gandalf, con esos comentarios?

—Desde que llegué aquí…

—¡Escúchenme! —exclamó Ana interrumpiendo.

—¡Perdón! —contestaron a dúo.

—Pero yo no quise estudiar… aunque pude haberlo hecho —continuó Ana avergonzada— y la tipa tiene como dos másteres.

—Si tanto te molesta no estudiar, todavía estás a tiempo, hermana. No busques más excusas. Tú tienes un don, y es que les caes bien a todos, todo el tiempo. Ya ves que Francis te pidió matrimonio en menos de lo que canta un gallo. Además, una persona es también rica por los contactos que hace, y tú eres una maga para conectar personas entre sí y hacerte amiga de ellas. No estoy seguro de si necesitas un máster a mediano plazo o a corto plazo. Pienso que lo que necesitas es un plan para descifrar qué quieres hacer con ese tesoro que ya tienes.

Ana rompió a llorar como una niña. Su prima y su hermano la abrazaron para consolarla.

---

[50] De la alta sociedad.

[51] Nuevos ricos por su propio esfuerzo

—Vete a lavar la cara, hermana.

Ana obedeció inmediatamente y se encaramó escaleras arriba en dirección a su cuarto. Una vez que se quedaron solos, Eugenio le comentó:

—Recuérdame cuánto falta para la boda, por favor.

—Será en dos meses y dura tres días.

—Dios mío, ¡ayúdanos porque no llegamos vivos!

—¡Amén! Nos vemos el sábado en la iglesia para el evento.

—No me lo perdería por nada del mundo.

—No trabajas en forma remota, ¿primo?

—¡Qué pregunta! Siempre trabajo en forma remota… casi siempre estoy colgado al teléfono.

—¿Y tú? ¿Tienes planes hoy?

—Sí, voy a mi oficina y luego voy a la terapeuta.

—*Ok, good luck with that!*[52]

En la tercera sesión con la psicóloga Seymour.

—Háblame de tus padres. Entiendo que eran de otro país, ¿de cuál?

—De Argentina.

—¿Y qué sucedió con ellos?

—Fallecieron cuando mi hermano y yo éramos pequeños. Mi hermano es menor que yo.

—¿En dónde fallecieron?

—En Argentina también.

—¿Alguna vez sueñas con ellos o piensas en ellos mientras no puedes dormir?

---

[52] ¡Muy bien, buena suerte con todo!

—Muchas veces…

—¿Por qué?

Bella decidió que no iba a contar la verdad de la explosión del coche bomba a su terapeuta. Era un tema demasiado profundo.

—Porque pienso que tal vez ese día tendrían que haber estado en otro lado… y no en el lugar donde chocaron…

—No entiendo. Explícate…

—Bueno, ese día yo quise quedarme a dormir en lo de una amiga…

—¿Y eso qué tiene que ver con el accidente?

—Mis padres querían buscarme el día anterior, pero yo insistí en quedarme a dormir… así que me pasaron a buscar —confesó Bella rompiendo a llorar.

—¿Te das cuenta de que no es tu culpa, verdad?

—A veces sí, a veces no…

—Tú no manejabas. Fue la impericia de alguien más…

—Siento mucha culpa… no importa si yo estaba o no al volante.

—¿Qué has hecho hasta ahora para tratar de manejar esos sentimientos negativos?

—He tratado de cuidar de mi hermano y de mí… y también hemos estudiado para protegernos de cualquier imprevisto…

La terapeuta anotaba sin cesar. Solo hizo una pausa para preguntar:

—¿Cómo llegaron hasta Inglaterra?

—Mis tíos nos adoptaron legalmente para vivir aquí.

—¿Qué sientes por ellos?

—¡Los amo! —dijo casi interrumpiendo a la terapeuta—. Los amamos… mi hermano y yo.

—¿Cómo se han ocupado de ustedes?

—Bueno, ellos nos han alentado a estudiar carreras universitarias que hemos terminado con honores.

—¿Has sentido ansiedad anteriormente?

—Pues la verdad, a veces tengo pensamientos de que mis tíos sufren un accidente parecido al de mis padres.

—¿Qué piensas de la seguridad en el mundo en general?

—Pues que el mundo no es un lugar seguro y que siento que no tengo la totalidad de las herramientas para protegerme de cualquier calamidad.

—¿Hay algo que te moleste en estos momentos?

—Sí, lo hay… Quisiera trabajar y no puedo. Mi familia no me lo permite. Y la verdad es que estoy un poco asustada por el desmayo que tuve.

—Quisiera que te relajes y que me puedas dibujar algo… —la invitó entregándole una hoja A3 y unos crayones.

—¿Qué será?

—Imagina el trabajo ideal. Sé que eres autónoma, pero imagina que tienes el encargo ideal. ¿Para quién sería, en qué país, haciendo qué cosa?

Bella aceptó a regañadientes. Si de algo no tenía ganas, era de dibujar.

—Cuando termines, me avisas. Yo estaré en la habitación contigua.

"Muy bonito —pensó—. Me deja sola, me cobra y se va a atender a otro paciente". Como a los quince minutos Bella le avisó que había terminado.

—Muy bien, muchas gracias. Nuestra sesión se ha terminado. Te veré la semana que viene.

Bella no estaba muy segura de querer seguir con esas sesiones, pero, por respeto a su familia, debía hacerlo. Por fortuna, era una menos en el calendario.

Bella tomó un taxi y le indicó que se dirigiera a London Bridge. Una vez allí caminó hacia su oficina, tocó el timbre. Nadie salió a recibirla. Llamó por teléfono a su línea fija de la oficina y tampoco nadie atendía.

—El ojo del amo engorda el ganado —dijo en voz alta.

Buscó su celular y llamó a su hermano.

—¿Hola? ¿Qué pasa? Estoy entrando a una reunión…

—Te felicito. Yo quiero entrar a mi oficina, pero resulta que le estoy pagando a una persona que no se encuentra en su puesto de trabajo.

—No tendrías que estar ahí…

—Bueno, eso creo que tengo que decidirlo yo. Ya estoy grande para tomar decisiones. Necesito entrar a mi oficina. Hoy.

—Ahora te envío el teléfono de tu secretaria…

—Gracias.

Bella llamó a la susodicha. Y nada sucedida. Solo atendía el contestador automático. Entonces llamó a la agencia y su ejecutiva de cuenta la atendió.

—Buenos días. Soy Bella Martínez. Necesito urgente un reemplazo. La empleada por la que estoy pagando no se encuentra en su puesto de trabajo. Tampoco atiende su teléfono. Descuenten el día de hoy porque no lo pagaré —dijo tajante.

—Lamentamos enterarnos de lo ocurrido. Por favor, déjenos esclarecer el hecho y la volveremos a llamar.

Bella escuchaba en silencio una y otra excusa, y diferentes nombres de candidatos a los que podría entrevistar. Sin embargo, no podía calmarse. Bella en el trabajo era una máquina que rozaba la perfección y lo que no se permitía a ella misma tampoco lo dejaba pasar en otros.

Luego de pensarlo un poco se corrigió:

—Por favor, abandonen la búsqueda y envíenme hoy mismo la llave de mi oficina por un mensajero a como dé lugar.

—Sí, sí, por supuesto, le llevaremos la llave… —interrumpió nerviosa la gerente de búsqueda de recursos humanos.

—Y consideren este mensaje como el preaviso de despido y deslinde de relación comercial con ustedes. Faltaba más que pague por alguien que no atiende ni siquiera el teléfono —sentenció para luego cortar la comunicación.

Bella estaba fuera de sí. Enseguida pensó qué pasaría si ella estuviera de baja unas semanas más. Y fue ahí que se sintió mal y tuvo que llamar un taxi que la dejara en la puerta de su casa.

Como pudo, abrió la puerta del taxi con sus últimas fuerzas antes de pagarle al taxista. La puerta se sostuvo sola y Bella no se percató de ello porque seguía ocupada guardando ahora su billetera en el bolso. Cuando se disponía a salir, vio una mano que estaba estirada hacia ella. Miró hacia arriba y era Josh.

—¿Qué haces aquí? —preguntó extrañada.

—Lo llamé yo —contestó una voz que estaba detrás. Era su hermano Federico.

—Y tú también, ¿qué haces aquí con Josh? ¿Se puede saber por qué? —preguntó ahora ofendida.

—Será mejor que entremos a la casa para hablar con más tranquilidad —sugirió Josh tratando de actuar como intermediario en lo que se veía un rencilla.

—Chicos, estoy muy cansada… mejor dejamos esto para otro día. Necesito descansar.

Los hombres se miraron y automáticamente reaccionaron. Federico abrió la puerta de calle de la vivienda de su hermana con su propio juego de llaves, mientras que Josh la sostenía temiendo lo peor. Federico lo había puesto al tanto de todo, pero ahora se imaginaba que algo podría poner en peligro la salud de Bella, su Bella.

Al cabo de un rato, Bella continuaba en su habitación durmiendo y los dos hombres tomaban té en el comedor.

—¿No tendrás problemas con Mark hoy?

—He tenido asistencia perfecta y tengo en mi haber más de dos meses de vacaciones. Si se ofende, no será mi problema.

Federico lo miró fijamente y le dijo:

—No seas más bueno que el perro Lassie…

—Tal vez tengas razón.

—¿Por qué sigues con él si no te promociona para otra cosa?

—Supongo que los proyectos que tenemos me interesan más que el título que Mark pueda darme…

—Sí, pero PA... —dijo en tono condescendiente—, *sorry, pal*,[53] te estás pasando de bueno y Mark se está pasando también.

—No soy tan lerdo. Mi sueldo es el de un VP.

—Me alegro. De cualquier manera, si necesitas una mano para irte, sabes dónde encontrarme.

—Sí, gracias. Y hablando de encontrarnos, creo que deberíamos juntarnos para ir a beber unas cervezas, ahora que estoy con tu hermana.

—De eso ni hablar… ¡no quiero que mi hermana se entere de mis secretos! ¡Iremos solos!

—De acuerdo, tienes razón… Es mejor así —dijo riendo.

—Yo sí tengo que volver al trabajo —dijo Federico y se levantó—. Escríbeme cuando esté despierta. Y descuida que, cuando vuelva, traeré la cena.

---

[53] Discúlpame, compañero.

Josh se cansó de mirar televisión. Mil doscientos canales de cable y solo diez que valían la pena. De ninguna manera usaría su móvil para chequear internet. Era demasiado tentador revisar su correo electrónico del trabajo. Siempre había algo urgente e importante. Por una vez, estaba eligiendo lo que correspondía. Se dio cuenta de que era tarde porque buscó el interruptor de luz.

—¡Todavía estas aquí! ¡Eres más bueno que Lassie! –Rio Bella en la puerta de su habitación vestida con su piyama.

—Es la segunda vez que alguien me llama así en el día, pero te aviso que puedo ser muy malo –dijo Josh mientras corría a abrazarla.

Se fundieron en un beso apasionado y en ese momento llegó Federico, como lo había prometido, con la comida, sorprendiendo a ambos.

—*Sorry, delivery guy is here*[54] –dijo poniendo un acento extraño.

—¡Qué buena idea que has tenido! ¡Me estoy muriendo de hambre!

—Espero que entiendas… –comenzó a informar Federico–, la patrona acá manda y le gusta la cocina tailandesa durante la semana. Así que traje tres menús distintos del mismo restaurante. Elijan. Pero no te preocupes, los fines de semana le gusta la cocina argentina.

—Gracias por el dato, *pal.*

Mientras comían, Bella comenzó la conversación de forma civilizada porque estaba Josh:

—Supongo que de la agencia te avisaron que los despedí…

—Te voy a entregar la llave por una sola razón… –contestó Federico yendo al punto.

---

[54] El chico del pedido está aquí.

—Es mi oficina, te lo recuerdo… por si te olvidaste.

—Mira con quién te estas metiendo cuando todavía puedes huir… —le dijo en broma a Josh.

—Ya estoy perdido… —dijo mirando a Bella y besando su mano.

—Bueno, bueno, que tengo que terminar mi comida y lo que te tengo que decir —interrumpió Federico.

—Entonces no des más vueltas…

—Resulta que has ganado la primera licitación que enviaste el día que te desmayaste —concluyó como sin darle importancia a lo que acababa de decir.

—*Oh, my God!*[55] Pero ¡por qué no me lo habías dicho antes! —exclamó Bella levantándose de un salto de alegría.

—¡Porque ahora estamos celebrando! —dijo Federico sacando una botella de champán de la ventana.

—Me uno al champán, pero alguien tiene que explicarme de qué se trata la licitación.

—Cosas aburridas de una *friki* de tecnología de la información —respondió Federico.

—¡Por el éxito de Bella!

—¡Por el éxito de Bella! —brindaron los dos hombres.

—Bueno, ¿me puedes explicar cómo es que no me has dicho nada?

---

[55] ¡Dios mío!

Capítulo 11 - Evento de caridad

El día sábado de caridad en la Notting Hill Methodist Church llegó. Era el comienzo del verano. Dos días antes del evento, Carmen había estado ocupada en la organización, junto con otras varias damas de la comisión directiva, de la decoración de la iglesia hasta bien pasada la medianoche. Ocurría solo una vez al año, pero era la excusa perfecta para que los vecinos colaboraran codo a codo por una causa común: ayudar al prójimo. Los hombres que se habían anotado para ayudar en ese evento estaban listos desde el viernes por la noche y ya el sábado estaban desde temprano moviendo mobiliario, sillas, ayudando en lo que fuera necesario al ujier encargado del mantenimiento y el orden de la iglesia.

Un camión de *catering* llegó puntualmente a las 7 a. m. y sus empleados descendieron rápidamente todo tipo de enseres, electrodomésticos profesionales, mesas, calientaplatos, etc. El pastor de la iglesia llamado José, estaba presente preparando té para todos.

Mientras tanto, Bella estaba en su casa, acurrucándose en su cama al escuchar el despertador de su celular, dormitando los últimos cinco minutos antes de levantarse. Hasta que sintió el cuerpo de alguien que estaba en su cama también. Y ahí recordó que era Josh, que no se había ido la noche anterior.

—¡Buenos días! —le susurró.

—¡Buenos días! –le contestó un poco avergonzada. Por el aspecto y el mal aliento de la mañana.

—Levántate, remolona, tienes el evento de caridad.

—Sí, sí… Déjame prepararte un rico desayuno –dijo mientras se dirigía al baño.

Al pasar por la cocina, vio que la mesa ya estaba dispuesta.

—Solo falta preparar el café, pero no quería hacer ruido con la máquina de café para que no te despertaras –le dijo románticamente.

—Dame cinco minutos, para comprar *croissants*… y lo que quieras –rogó Bella sintiéndose con culpa de ser muy mala anfitriona.

—Eh… Me he tomado la libertad de ser yo quien fuera a la panadería.

—¡Muchas gracias! ¡Te prometo compensar tus buenas acciones muy pronto!

—¡Lo quiero por escrito y firmado! –exclamó bien fuerte para ser oído.

Se oía la risa de Bella, que estaba tomando su ducha. Bella sabía que, aunque nada había ocurrido entre ellos todavía, estaba dispuesta a entregarse a él, ahora que había bajado todas sus defensas. Solo deseaba crear un momento romántico. Tal vez, escaparse un fin de semana.

Mientras tanto, Josh en la cocina controlaba la hora, pues debería irse apenas terminaran su desayuno.

"Bambi, estamos desayunando, pero en un rato paso a buscarte", le escribió.

Al minuto recibió respuesta: "No te apures, disfruta, que es sábado".

Así desayunaron por primera vez juntos, y Bella ya estaba casi lista para partir.

—Prométeme que te comportarás como una buena niña y no harás demasiado esfuerzo —dijo mientras se despedían.

—Lo prometo. Además, quiero invitarte formalmente a mi casa porque hasta ahora no he podido cocinar u organizar algo romántico para los dos…

—Lo sé, pero si vas a cocinar algo, entonces quiero ayudarte.

—Nunca pensé que te interesara cocinar.

—Cocinar me relaja… y, si estoy contigo, además me dan ganas de besarte y abrazarte… —le confesó mientras le hacía cosquillas.

—¡Ah! ¡Taxi, taxi! —gritó y rio por las cosquillas.

En la iglesia metodista de Notting Hill las cosas marchaban sobre rieles, casi todo estaba terminado. Un hombre rubio excelentemente vestido de traje, pero sin corbata, entró a la iglesia mientras miraba con curiosidad a la gente que estaba vestida informalmente para la ocasión, un evento caritativo, un almuerzo.

—Estoy buscando a José —le comentó a una persona.

—Allí está —le contestó señalando hacia donde se encontraba un grupo de hombres.

—Buenas tardes, me envía Bella —saludó.

—Buenas tardes —saludó José mirando de dónde provenía el saludo.

—¿Es usted… pastor?

—Sí, eso dice mi título —contestó apuntando el dedo hacia su chaqueta—. Gracias por venir a colaborar. Puedes colocarte un delantal para servir. En realidad… —Cambió de parecer al observarlo con más detenimiento—. Yo que tú me quitaría la chaqueta para no mancharla. Puedes dejarla en el guardarropas y volver aquí.

En el camino hacia el guardarropas, Mark sentía una mezcla de sentimientos contrariados. Estaba convencido de que se trataba de un evento… del que fuera, concierto, arte, etc., pero no un evento en una iglesia misma. No le gustaban las iglesias. Bastante había tenido que asistir con sus padres hasta que tuvo la suficiente edad para tomar sus propias decisiones. Seguramente, de haberlo sabido, hubiera dado su mejor excusa. Aunque, visto y considerando que en estos momentos Bella era la única mujer bella, valga la redundancia, y decente con la que tenía contactos, hubiera asistido de todas formas aunque seguramente con la guardia en alza. De las otras mujeres, mejor ni hablar. Y de Larissa, menos. El día anterior había estado tratando de entrar en su casa, y por suerte para él, había cambiado la cerradura. No más Larissas en su vida.

Tendría que dedicarse a conocer a Bella. Después de todo, Josh la había recomendado y el buen tino de su PA casi siempre acertaba con la gente en los negocios. Así que tendría que hacer buena letra con Bella si quería contar, por lo menos, con una chance para invitarla a salir y que pudiera olvidar los plantones anteriores. "Le pediría ayuda a Josh", pensó.

—Aquí estoy —anunció al pastor José.

—Ponte el delantal y ve a buscar guantes descartables a la cocina.

—Hola —saludó Carmen extrañada de no conocer al hombre de delantal.

—Necesito unos guantes…

—¿Cómo te llamas?

—Mark.

—Mucho gusto. ¿Con quién vienes?

—Bueno, a decir verdad, debía encontrarme con alguien aquí, pero aún no ha llegado.

—¿Y su nombre es…?

—Bella.

—¡Ahh! ¡Bella es mi sobrina! ¡Entonces ya sé quién eres! —exclamó abrazando a Mark.

Mark se alegró de que alguien lo recibiera calurosamente entre una multitud de extraños. Sus pensamientos fueron interrumpidos por un grito:

—¡Chicas! ¡Chicas! ¡Vengan a conocer al novio de mi sobrina Bella!

Una multitud de señoras elegantes dejaron sus quehaceres para dirigirse hacia donde estaba Mark, y besarlo y abrazarlo, cientos de veces cada una.

—¿Se puede saber por qué no servimos aún? —preguntó el pastor José, entrando en la cocina.

No necesitó respuesta porque la escena era muy obvia, además de que nadie le estaba prestando atención ni lo oyó. Ya estaba por acercarse para deshacer el nudo de manos alrededor del cuerpo de Mark cuando Carmen se percató de su presencia y dijo tomándolo por un brazo:

—¡Ah, pastor José! ¡Venga a conocer al novio de Bella!

—Bueno, Mark, perdona, no sabía quién eras realmente —dijo el pastor un poco más efusivo.

—Yo tampoco —le contestó sonrojado hasta la coronilla por la efusividad de las comadres.

—Bueno, señoras, tenemos que servir en cinco minutos. Ahora diré las palabras de bienvenida —ordenó el pastor—. Ven conmigo —le pidió a Mark.

Durante el discurso de bienvenida del padre, Bella hizo su entrada junto con su hermano, quien casualmente entraba apurado, demorado en el subterráneo por una falla mecánica. Se quedaron parados hasta que este terminara y los aplausos coronaran el almuerzo.

—¿Qué hace Mark aquí?

—Bueno, lo invité yo…

—¿Que hiciste qué?

—Bueno, quería darle una lección de humildad… Y ahora… míralo, está sirviendo preocupado por algo más que su propio ombligo.

—Pareciera que te interesara algo más.

Bella lo miró con desdén.

—Tu lectura de mis sentimientos es errónea.

—Eso espero. Josh no se merece esto.

—¿Esto? ¿Qué es esto?

—No lo sé, pero este tipo no tendría que estar aquí… Josh debería.

—Bueno, es que Josh no pudo venir. Además pensé que te caía bien Mark.

—Me caía, solamente. Ni bien ni mal. Hasta que tuve una charla con él mientras dormías.

—¿Con quién?

—Con Josh… ¿con quién más?

—Me gustaría enterarme también, pero este no es el mejor momento.

—¡Bella! —La saludó una de las damas de la comisión directiva—. ¡Qué elegante y bien dispuesto que es tu novio! ¡Además de bien parecido! ¡Te felicito!

—¿Josh está aquí? —preguntó su hermano a Bella.

—Sí, ahí está, al lado del padre —dijo la señora apuntando su dedo a Mark.

Bella no supo qué contestar, ni era el momento para aclarar tantas cosas en el medio de un evento de caridad. Su hermano tenía razón. Había sido un error haber invitado a Mark.

—Mejor me voy a mi puesto a servir —se excusó Federico con ambas damas.

En ese momento su tío Alberto se acercó a Bella.

—No me dijiste que traías compañía, pillina —le dijo refiriéndose a Mark.

—¡Ah! ¡No comiences tú también con semejante lío! No es mi novio. ¡Es el jefe de mi novio!

—¡Ah! —Sonrío su tío—. Pues menudo recibimiento tuvo en la cocina. Ya estaban organizando tu casamiento.

—¡Ah! ¡No lo puedo creer! ¡Es un desastre!

—Bueno, tengo que decirte que el hombre tampoco negó nada… Más bien estaba sonriendo y hablando con todas las señoras muy amablemente.

—Eso no te lo creo. Conociéndolas a todas, ¡no habrá tenido oportunidad para asegurar o desmentir cosa alguna!

—¡Bella! ¡Bella! —la llamó su tía Carmen tirándola por el brazo.

Juntas fueron hacia la cocina que ahora se encontraba casi vacía, pues todos estaban ocupados sirviendo la comida y la bebida a la gente.

—¡Te felicito! ¡Tu novio es súper apuesto y elegante!

—¡Mi novio no está aquí, tía!

—Pero… —comenzó confundida— Si tu novio no está aquí, ¿ese señor quién es? ¡Porque dice conocerte!

—Es verdad —reconoció—, pero ¡es el jefe de mi novio! —exclamó cansada de repetir lo mismo ya por segunda vez.

—¡Hola! ¡Hola! ¡Hola! —saludó exultante su prima Ana Belén, que llegó con su prometido Francis, sin parar de palmear a su prima por la espalda.

—¡Felicitaciones! —auguró Francis a Bella.

—¡Ahhhhhh! —gruñó Bella al borde de un ataque de nervios, saliendo de la cocina para evitar decir un improperio.

—¿Qué le sucede a esta loca? —preguntó Ana a su mamá.

—Sucede que tu prima quiere jugar con fuego… y se va a quemar —interrumpió su hermano Federico.

—¿Qué dices? —le preguntó Carmen extrañada.

—Que Mark no tendría que estar aquí. Y no, no es su novio. A ver cómo arregla este lío. Justo con las cotorras de la comisión directiva, en unas horas lo sabe hasta la reina de Inglaterra.

—Y entonces… ¿dónde está su novio? ¿Y ese hombre parado al lado del padre José quién es?

—Es Mark Jones —informó Francis.

La gente sin techo o con pocos recursos concurría todos los años y este no era la excepción. Además del almuerzo, un grupo se ocupaba de recoger ropa y zapatos, los cuales preparaban y ponían en condiciones para ese día. Bella se encargaba de envolver las prendas o ponerlas en bolsas junto con su prima Ana Belén, quien era asesora de moda y aconsejaba qué tipo de prendas le sentaba mejor a cada uno según su tipo de cuerpo.

Una vez que la gente terminó su almuerzo, el salón destinado a ropa y zapatos abrió sus puertas y las encargadas comenzaron a trabajar incansablemente.

Al cabo de una hora, la mayoría de la gente ya se había ido con las manos y las barrigas llenas, y el corazón contento, y solo quedaban los últimos pares de zapatos y algunas prendas que nadie se había llevado. Estaban a la espera de que las personas que todavía estaban en la iglesia pronto se los llevaran y así poder cerrar pronto y poder escribir el informe.

Así las cosas, Ana Belén y Bella comenzaron a guardar perchas, reciclar cajas y papeles para poder aspirar el salón y dejar todo limpio. Mientras tanto, los hombres se ocupaban de ordenar nuevamente los tablones, mesas y sillas que estaban vacías.

Una vez que cerraron el salón, Ana Belén fue a buscar a su prometido y pensaban llevar de regreso a Bella a su casa. Ahí fue cuando Mark encontró un momento para hablar con Bella.

—¡Ah, Mark! No tuvimos tiempo para hablar. Este evento es así, pero la recompensa en cambio es mayor. Gracias por haber venido —le dijo sonriente.

—El gusto ha sido mío. Es bueno una vez por año hacer caridad. Hace que mi parte egoísta merme… aunque sea un día. Interesante haber hablado con varias personas en situación de calle…

—Sí, es verdad. Colaborar en un evento así relativiza los problemas que tenemos.

Bella estaba por despedirse e irse con Ana Belén cuando Mark le dijo:

—Cada vez que conozco una parte más de ti, me doy cuenta de lo maravillosa que eres.

—Eres un exagerado…

—Será que he vivido la mayor parte de mi vida con padres narcisistas o parejas narcisistas y de pronto conozco a alguien que es capaz de ayudar a un completo desconocido sin más… —dijo románticamente mientras acortaba las distancias entre ellos.

Bella trató de relativizar el piropo diciendo:

—Bueno, digamos que contigo no ha sido gratis… he cobrado una comisión…

Mark rio y dijo:

—Es la comisión más baja que he pagado en vida.

—¿Lo dices en serio? Me he sentido como una ladrona.

—Ahora que he cerrado el trato te puedo decir que el negocio vale cientos de millones…

—¡Wow! ¡Qué barbaridad!

—Sí y, además de agradecimiento, estoy aquí también para rogarte que me otorgues la oportunidad de poder conocerte mejor…

—Eh… creo que yo no…

Mark no le dio tiempo a reaccionar a Bella porque la tomó por los hombros y la besó. Bella trató de dar un paso hacia atrás, pero no pudo y lo inevitable sucedió.

Capítulo 12 - Recepción y despedida

Josh llegó puntualmente a la casa de su tía Bambi. Ambos tíos ya estaban esperándolo listos para partir nuevamente. Luego de veinte minutos de viaje, llegaron a una clínica y aparcaron.

Buscaron el consultorio del doctor Goody, especialista en neurología. Tomaron asiento hasta que una voz puntualmente anunció:

—¡Señora Everleigh-Hadley!

Ben y Bambi entraron al consultorio.

—Bien —dijo el doctor tomando asiento—, ¿a qué debo su visita?

Ella comenzó hablar de forma cautelosa:

—Mi marido me dice que camino por las noches y no me doy cuenta. A veces, amanezco durmiendo en otra habitación… —Luego de decir esto hizo silencio.

—Bien, bien. ¿Hay algo más que quisiera contarme?

—Nuestro médico de cabecera, el doctor Brown, nos dijo que le enviaría su informe.

—Así es, pero quería escuchar su historia de su propia boca también. Bien, entonces comenzaremos con los estudios pertinentes. Mi secretaria le dirá los próximos pasos a seguir. Una vez que tengamos los resultados, vuelva a verme. No se preocupe, le encontraremos la causa a su problema.

—Gracias, doctor.

—Buenas tardes —dijo poniéndose de pie y abriendo la puerta de su consulta.

Josh se puso de pie al ver que sus tíos salían y dijo:

—Eso fue rápido.

—Vamos a ver a la secretaria y volvemos.

Una vez que quedaron solos Josh y el doctor, lo saludó y le dijo:

—Esto recién empieza. A veces puede ser un síntoma de otra cosa y para eso necesito que estén atentos y que me lo informen.

—Así será, descuide.

—Buenas tardes.

Josh se unió al grupo en la recepción y al rato salieron con varios turnos en la mano.

—Creo que puedes ir a ver a tu novia ahora.

—No, le dije que tenía un compromiso…

—Bueno, ya tengo los turnos y no hay nada más que hacer por hoy. No te preocupes por mí. Ve y diviértete con tu Bella.

—Está bien, los llevo a su casa y luego iré a verla.

De camino a la iglesia metodista, Josh paró en un puesto de flores y compró el ramo más hermoso que encontró. Se encontraba un poco triste, pero el hecho de pensar que vería pronto a Bella hizo que su ánimo se recompusiera un poco.

Llegó silenciosamente a la iglesia, y pensaba preguntar a la primera persona que encontrara por el paradero de Bella. Y esa persona era Ana Belén, quien estaba junto a su novio, Francis.

—¡Hola, Francis!

—¡Hey, Josh! ¿Qué haces aquí?

Y sin dejarlo hablar, recordando las reprimendas de Ana Belén cuando no le presentaba a sus conocidos, decidió que era más importante presentarle a su novia que saber el motivo de su visita a la iglesia:

—Te presento a mi prometida.

—Encantado —dijo sorprendido—. ¿Cuándo te casas?

—Pronto, muy pronto. En casi cuatro semanas.

—¡Wow! ¡Felicitaciones!

—No me dijiste qué trae por aquí…

—Vine a buscar a mi novia —dijo casi escondiendo, por pudor, el ramo de flores.

—¿Y quién es tu novia?

—Bella Martínez, ¿la conoces?

—Sí, obvio que la conocemos, es mi prima —interrumpió Ana Belén.

—¡Ah, entonces tú debes ser la hermana de Eugenio! —dijo ya más relajado de conocer gente que conocía a sus conocidos.

—¿Qué haces aquí? ¡Otra vez tú! —saludó en broma Federico.

—No vengo a verte a ti, sino a Bella.

—Menos mal, porque hubiera sido un rotundo no… —dijo sarcástico—. Lo nuestro no es posible.

—¡Federico! —lo reprendió su prima.

—Bueno, entonces creo que Bella ya está en buenas manos y no necesita de nuestro servicio de chofer… —concluyó Francis divertido de escuchar tantos chistes.

—Para nada, me encargaré de que llegue sana y salva… —Guiñó un ojo.

—Bueno, entonces te guío hasta la oficina donde tendría que estar terminando de ordenar… —dijo Federico.

Caminaron no más de cincuenta metros juntos. Federico abrió la puerta, sin golpear, de par en par.

—Bella, ¡mira quién ha venido a verte finalmente! —le dijo Federico.

La escena no dejaba dudas. Mark y Bella se estaban besando o, al menos, acababan de hacerlo.

—¡Bella! ¡¿Qué carajos estás haciendo con este tipo?! —gritó su hermano.

Bella trató de zafarse como pudo de las garras de Mark para salir corriendo detrás de Josh.

—¡Josh, Josh! —lo llamó a los gritos sin importar lo que la gente la iglesia pudiera pensar.

Por suerte, para esa hora, solo quedaban algunos parroquianos, que escucharon los gritos, pero siguieron su trabajo sin prestar atención.

—¡Lo lamento! —esgrimió sin éxito, pues Josh seguía su camino hacia la calle con paso firme y apurado.

Bella trató de tomarlo del brazo para detenerlo. Y lo logró. Sin embargo, no pudo hablar, pues Josh no se lo permitió.

—Creo que esta historia llegó a su fin. Si hubiera sabido que estabas jugando a dos puntas, me hubiera ahorrado el trabajo de conquistarte.

—Estás equivocado, yo no quiero estar con él, ¡quiero estar contigo! —exclamó desesperada.

—Eso no se nota demasiado.

—¡Pero es que me tomó por sorpresa! No sabía que tenía planes conmigo. No sabía que quería empezar una relación conmigo. ¡Y no se tomó ni el trabajo ni el esfuerzo de escucharme!

—Conozco a Mark desde hace mucho tiempo, y sé perfectamente que puede ser muchas cosas desagradables, pero un abusador no lo creo.

—Pero es así, ¡me tomó por sorpresa! Debes creerme porque yo quiero estar contigo. No me interesa Mark.

—Lo nuestro, como tú dices, se basa la confianza. Después de lo que vi, no confío en ti, así que mejor lo dejamos acá — concluyó abriendo la puerta de su coche y cerrándola inmediatamente.

Josh aceleró lo más rápido que pudo y se perdió entre el tráfico y los peatones que cruzaban a mitad de la calle sin preocupación, porque era sábado.

Bella no tenía deseos de volver a la iglesia y encontrarse con Mark. Le hubiera estampado un cachetazo.

—¡Este tipo tiene un *timing* desastroso para dejar y buscar pareja! —exclamó hecha una furia.

Federico salió a su encuentro y le dijo:

—Lo mejor será que lo dejes en este momento, porque tiene que pensar lo que quiere hacer: si creerte o no.

—Pero eso es una estupidez. ¡Tengo que convencerlo de que me crea!

—No, tienes que dejarlo porque tiene que pensar: si te va creer o va a pensar que el culpable es Mark. Y de ahí, tiene que decidir varias cosas…

—¿Qué cosas?

—O no te va creer y te va dejar…

—Pero ¡no quiero que me deje!

—O no te va creer y no te va dejar.

—¡Me estás haciendo sentir como si fuera una malvada! ¡Y no lo soy!

—¡Sabías que este tipo venía con algo entre manos!

—La verdad es que me dejó plantada más veces de las que me ha dejado plantada cualquier hombre, ¡y eso que teníamos un negocio que atender!

—Bueno, hoy está de parabienes, está acá contigo… ¿qué quieres hacer?

—¡Quisiera acogotarlo! Pero es el jefe de Josh y temo que lo eche por un malentendido.

—Bueno, de cualquier manera, esto creo que no se va quedar así, conociendo a mi amigo Josh…

—¡Espero que, por favor, impidas cualquier desastre que pueda pasar!

—Descuida, no se van a batir al duelo por ti, si es lo que estás pensando.

—¡No seas ridículo! Pero tengo miedo de que sí le dé una trompada, pero no lo conozco tanto, ¡lamentablemente!

—Conociendo a Josh, es una persona que medita, y mucho, así que tienes que dejarlo unos días y luego lo abordas, con tranquilidad.

—Es que no voy a poder dormir, hermanito, ¡no voy a poder dormir!

—Me temo que esto es tu culpa, así que, si te quedas en vela, no es producto de tu enfermedad, es producto de tu falta de sentido común. Y a lo hecho, pecho.

—¿Puedes ir a buscar mi cartera en la iglesia? Porque si le veo la cara ese tipo, lo mato. Te espero en el coche de Carmen, ¿dónde está aparcado?

—Aquí tienes las llaves. Ya sabes, está en la otra cuadra. Tienes razón, mejor que no hagamos más papelones por este día. Tienes que sentirte una afortunada de que la comisión de damas no estuviera aquí para ser testigo de primera mano. Te hubiera costado meses sacarte el mote de buscapleitos.

—Bueno, bueno, mira que son ingleses. No es una telenovela sudamericana con machotes que buscan salvar su honor —contestó comenzando caminar en dirección al coche de su hermano—. Son ingleses casados con latinas…

Federico volvió a la iglesia y se encontró con Mark, que estaba despidiéndose del pastor José.

—Mark me está diciendo que le interesa venir a congregarse con nosotros —comentó muy alegre cuando vio que Federico se acercaba a ellos.

—Me alegro por él —contestó secamente y a continuación siguió su camino.

José continuó con su charla muy amable hasta que Mark miró para ambos lados y, preguntando por el paradero de Bella, dijo:

—Me ha encantado conocerlo y le prometo que volveré, me gustaría tener una charla a solas con usted.

—Cuando quieras, Mark, cuando quieras. —Se despidió estrechándole la mano.

Mark condujo tranquilamente pues su GPS le indicaba la dirección de Bella sin congestionamiento. Al llegar, tocó el timbre y esperó pacientemente que la puerta se abriera.

—¡Qué haces aquí! —Bella no podía creer lo que sus ojos estaban viendo.

—Vine hasta aquí a terminar nuestra conversación porque no me has contestado…

—Creo que tú y yo no tenemos nada más que hablar —dijo cortante.

—Pues creo que tu actitud todo este tiempo me ha parecido todo lo contrario: que estabas esperando que yo me decidiera a hablar o a reaccionar.

Bella sabía que Mark tenía razón. Ella había estado suspirando en silencio por Mark.

—Bien, si quieres una respuesta, la respuesta es no. Y me hubiera alegrado mucho si hubieras esperado mi respuesta el lugar de darme un beso.

—No te entiendo, me parecía otra cosa. Todos me recibieron de una manera más que amigable y me creían tu novio.

—Sí, fue un episodio lamentable y te pido disculpas…

—Para mí fue muy agradable… —concluyó dando un paso atrás—. Pero bueno, soy un caballero, y quisiera empezar una relación muy diferente a lo que estoy acostumbrado hasta ahora. Quiero tranquilidad y amor, no quiero pleitos, quiero empezar con el pie derecho.

—Haces bien en querer una relación sana, pero me has metido en un lío tremendo.

—Todavía no entiendo bien a qué lío te refieres, pero, bueno, ese no es mi problema.

—Estoy viendo a Josh… —dijo escuetamente.

Los ojos de Mark se agrandaron por la sorpresa.

—¡Caramba! ¡No sabía nada en absoluto!… Lamento mucho cualquier malentendido causado por mi culpa.

—Adiós…

—Gracias por todo, Bella.

El timbre de Bella sonó nuevamente ni bien despidió a Mark. O al menos eso fue el lapso de tiempo que le pareció a ella.

—¿¡Y ahora qué quieres, Mark!? —exclamó abriendo la puerta fuera de sí.

Pero Mark no era. Era Josh.

—¡Josh! ¡Josh! —exclamó tratando de abrazarlo.

Sin embargo, este le sujetó los brazos para impedirlo y en cambio dijo:

—He venido para poder hablar con tranquilidad y sin hacer escenas delante de extraños… si es que todavía estás interesada en hablar.

Una Bella contrariada por su falta de amor lo invito a pasar. Todavía no entendía si su visita significaba buenas noticias o malas noticias. Permaneció en silencio esperando la sentencia de Josh.

—Quiero saber desde cuando estás con Mark… y conmigo.

—Eso es un insulto, y te encuentras en mi casa.

—Yo vi lo que vi, ante eso no hay dudas.

—Entonces si no tienes dudas, ¿a qué has venido? —preguntó con enojo.

—¡He venido porque no puedo creer que me haya enamorado de ti como un idiota! ¡Y porque no puedo creer que seas una malvada como Larissa! Normalmente poseo un sexto sentido para las personas, pero contigo me he equivocado, o no he sabido ser lo suficientemente perspicaz…

—Estás en un error. Yo te quiero bien, Josh…

—Entonces no entiendo qué hacían Mark y tú en una habitación, solos y besándose —preguntó sarcásticamente sin esperar respuesta alguna.

—Ya te dije, el beso me lo robó. No estuvimos juntos en todo el evento. Yo estuve ocupada vendiendo ropa y asesorando a la gente que venía buscar sus prendas con mi prima Ana Belén.

—La historia no es muy convincente. Y si yo no puedo confiar, entonces mejor lo dejamos.

—Josh, te vas arrepentir —le dijo en tono suplicante—. Nos vamos arrepentir… —se corrigió.

Pero lamentablemente los ruegos de verdad no hicieron mella en un Josh totalmente despechado. Así que Bella decidió no seguirlo.

Bella permaneció en silencio en su casa y decidió que lo mejor era tomarse un té para calmar sus nervios. Parecía mentira que tuviera la edad que tuviera y se metiera en estos aprietes… Sobre todo cuando había conocido a Josh…

—¡No puedo creer que me haya enamorado de él así! ¡Y recién me entere cuando acabo de perderlo! —sollozó.

De repente escuchó un aviso de mensaje. Era su hermano.

"¿Todo bien?".

"No, ¡todo mal! Mejor te vienes así te cuento… ¡por favor!".

"Ok, en un rato estaré por allí. Y no te preocupes. Josh recapacitará".

Bella hizo una mueca de descreimiento. Su hermano todavía no sabía que Josh no quería saber nada más con ella, que Josh no le creía.

—Ok, confío en ti. Si me ayudas en esta, te lo deberé…

CAPÍTULO 13 - AMIGOS SON LOS AMIGOS

El primer día de la semana luego del episodio en la iglesia metodista, Josh llegó tarde a su trabajo. Era la primera vez que no estaba en su puesto de trabajo antes que Mark. Este estaba extraño, pero no dijo mucho. Solamente le escribió un mensaje a las 10 de la mañana para saber si vendría.

"Espero que estés bien".

A las 10:30 le escribió otro mensaje: "Avísame si quieres tomarte el día libre".

A las 11 de la mañana, Mark debía asistir a una reunión que se realizaba en el edificio.

A las 12 volvió a su oficina y se encontró con Josh, que lo estaba esperando parado en su oficina.

—Dichosos los ojos que te ven —le dijo Mark en broma.

Josh no hizo ningún comentario con respecto a su llegada tarde. Solamente lo miró muy serio, colocó ambas manos en su cintura y le preguntó:

—¿De verdad tienes interés en Bella? Pensé que estabas siempre ocupado con Larissa…

—Mira, perdona, no sabía que se estaban viendo.

—No tengo por qué decirte nada, pero Bella dice que tú la obligaste a besarte, que le robaste un beso. ¿Se puede ser tan cabrón?

—Ese día fui con la intención de comenzar una relación diferente a la que tuve con Larissa, y con otras. Por eso, mejor apostar fuerte por una mujer que de verdad lo vale. Entenderás que debía hacer lo que debía hacer.

—¿Por qué será que siempre te miras el ombligo, sin notar, sin percatarte de lo que sucede tu alrededor?

—Lamentablemente, ignoraba que estabas con Bella. Por supuesto que no lo he hecho propósito, pero las personas exitosas como yo nos jugamos el todo por el todo para obtener lo que queremos. En ningún momento quise lastimarte, de eso debes estar tranquilo. Además de mi PA, eres mi amigo.

—Bueno pues este amigo —dijo mientras se señalaba con el pulgar así mismo— renuncia.

—No puedes estar hablando en serio —le dijo con tono preocupado.

—Nunca he estado más seguro y más serio en mi vida…

—Te ruego que lo reconsideres —le pidió—. Si quieres, puedes trabajar en otro departamento, pero de ninguna manera deseo que te marches. Y si lo hicieras, no de esta manera, sino porque has encontrado el trabajo de tus sueños.

—Pues resulta que quiero encontrar el trabajo de mis sueños, como tú dices, y definitivamente no es aquí el lugar para esperar mientras lo encuentro.

Mark hizo una pausa, pensó otras excusas y ofertas para hacerle y evitar que se marchara. Aunque esta vez sintió que algo en Josh era diferente, su mirada, su postura, todo.

—Considera esta conversación mi preaviso —le dijo mientras colocaba todas sus cosas en una caja.

—Bueno, lo único que pido como último favor es que busques alguien que te reemplace.

—Realmente tienes mucha cara para pedirme alguna otra cosa más. Tengo pendientes más de 10 semanas de vacaciones. Eso cubre con creces mi preaviso, así que en realidad puedo irme ahora mismo.

Josh cruzó de la oficina de Mark a la que todavía era su oficina y comenzó a juntar papeles y carpetas.

Mark decidió no seguir hablando con él, sin embargo, estaba furioso. Detestaba reconocer que, sin Josh, su performance bajaría al 50 %, al menos hasta que encontrase alguien tan bueno como Josh.

De repente se le ocurrió una magnífica idea. Corrió inmediatamente hacia la oficina de Josh, sin embargo, se llevó una sorpresa: la oficina ya estaba vacía.

Ya fuera de la oficina, parado en el medio de la calle, Josh respiró profundamente. Necesitaba darse ánimos. Durante un buen rato, caminó sin rumbo fijo hasta que se cansó de cargar su caja.

"Esta semana me la tomare para planificar, no buscaré trabajo".

En realidad, Josh ya se había autoenviado para ayudar a sus tíos y con la salud de Bambi.

++++++++++++++++++

El doctor Goody nuevamente se encontró con la terapeuta Seymour en su consulta. Era el día que ambos hacían interconsultas de pacientes en común.

Los resultados de la terapeuta indicaban muchas otras cosas, a las cuales un médico que se ocupaba de la parte física de los pacientes no podía llegar, pero sí podía hacer interconsulta con su colega para buscar la mejor solución para el paciente. Lo que ambos profesionales no sabían era que Bella había caído en una tristeza muy profunda debido al episodio con Josh. Y Bella se había cuidado de comentar ningún detalle al respecto.

—Bueno, pasemos ahora a la paciente Bella Martínez —le dijo el doctor Goody—. Me dices que Bella tiene problemas en su pasado con sus padres. Eso ya lo sabía. Si tú piensas que no puede dormir porque algo la atormenta, entonces es un poco más grave de lo que se pensaba. Eres tú la más indicada para averiguarlo…

—Tal vez, puedas preguntarles tú también a sus tíos… Y ahí espero que te puedas ocupar.

—Te puedo decir que sus tíos son personas maravillosas, por eso no entiendo cuál es la conexión. Deberemos encontrar la respuesta hablando con sus dos tíos, yo y también tú.

—Sí, exactamente pensaba hacer eso, porque no encuentro tampoco ninguna respuesta negativa cuando pregunto por su relación con sus tíos, todo lo contrario —agregó la terapeuta—. También me gustaría llamar a su hermano.

—No creo que se nieguen porque son muy unidos. Y están muy preocupados por su salud. Sin embargo, creo que quiero repetir el estudio del sueño para ver qué ha pasado Y poder comparar entre esta vez el anterior.

—Estoy acuerdo y, por favor, avísame ni bien tengas los resultados.

—Muy bien. Ahora pasemos a la nueva paciente, Everleigh-Hadley —dijo el doctor Goody.

—Está muy ansiosa y triste a la vez debido a su diagnóstico de Alzheimer —dijo la terapeuta Seymour.

—Creo que deberíamos enviar al marido y a su sobrino para realizar un curso informativo para familiares de Alzheimer.

−Definitivamente, hay que hablar con ellos al respecto. Sobre todo, porque la señora Everleigh-Hadley está en la fase inicial. Todavía puede y debe vivir su vida lo más naturalmente.

−Además de esto, me gustaría que se hiciera estudios de sueño.

−Pienso que podríamos agregarla en una terapia grupal. Es más, tengo pensado agendar una sesión también para la paciente Martínez.

−Estoy de acuerdo.

−Muy bien, entonces espero los resultados. ¿Para cuándo los piensas tener?

−Lo más rápido posible. No me gusta que siga sonámbula.

−Bueno. Creo que con esta paciente terminamos de nuestra interconsulta por ahora. Veremos en un mes qué sucede con ella.

−Te veo la próxima semana.

−Que estés bien.

++++++++++++++

Federico no olvidaba de la promesa hecha a su hermana. No era muy de hombres hacer de celestinos, pero en cierta forma, si lograba que Josh le creyera a Bella, sería un modo de pagarle todo lo que había hecho por él, ocupándose de él todo el tiempo, casi como si fuera una madre.

−¡Hola, Josh! −saludó Federico−. Me enteré de que no trabajas más para Mark.

−Sí, así es, como habíamos hablado aquella vez… El tiempo había llegado.

−¿Y ahora qué estás haciendo?

–Por ahora me estoy tomando unas merecidas vacaciones, ayudando a mi tía en algunas cuestiones y luego buscaré trabajo.

–Sabes que puedes contar conmigo. Abogados buenos se necesitan siempre.

–Hace bastante que no ejerzo, Federico, bien lo sabes.

–Encontrémonos en el pub de una vez, que estamos aquí parados en el medio de la vereda, para hablar más tranquilos.

–Cuando quieras.

–Te llamaré entonces.

Una semana más tarde en un pub, Federico, Francis y Josh miraban la Premier League[56].

–Entonces, ¿te casas en un mes? –le preguntó a Francis.

–Sí, estoy muy feliz de haber encontrado a su prima.

–Te felicito –dijo no tan convencido Josh.

–Josh está buscando trabajo –dijo casi al pasar Federico.

–¿De verdad? Mándame tu currículum. En realidad, dime qué sabes hacer ahora, si no te molesta… o qué estás buscando –se corrigió.

–Pues he trabajado en una compañía financiera cinco años, y luego para una empresa que realiza megaproyectos de Telecom.

–Muy interesante. Si Federico te está recomendando, entonces es que eres muy bueno.

Josh sonrió. No sabía que este encuentro era en realidad una entrevista de trabajo. Pero así era como recordaba a su antiguo amigo Federico. "Lástima tener una hermana así", pensó.

---

[56] Máxima categoría del sistema de ligas de fútbol de Inglaterra.

A los pocos días, Josh estaba trabajando para Francis. Este estaba súper contento de no tener que explicarle casi nada, porque la experticia de Josh superó sus expectativas.

Sin embargo, Francis nunca nombró a Bella por expreso pedido de esta. Las conversaciones que tenían se limitaban solamente al ámbito laboral. Pero lo que ni Josh ni ella sabían era que Ana Belén se encontraba tramando un plan para que se pudieran encontrar y que pareciera casualidad.

Dos meses antes de la boda los novios ya habían repartido sus participaciones. Sin embargo, por pedido expreso de Ana Belén, invitaron también a Josh a la semana de su incorporación a la empresa.

A las dos semanas de su diagnóstico, Bambi concurrió a hacerse el estudio de sueño, acompañada por su marido y su sobrino. Mientras esperaban sentados en la sala de espera, casualmente llegó también Bella, sin compañía, pues detestaba todo lo relacionado con estudios y prefería encontrarse de malhumor sola.

Los cuatro se sorprendieron al verse, Ben y Bambi de forma grata, Bella también, pero no así Josh.

—¿Vienes también a hacerte el estudio de sueño? —preguntó Bambi curiosa.

—Sí, así es, ya es la segunda vez… —dijo escuetamente y nerviosa de encontrar a todos.

—¡Señora Everleigh-Hadley! —la llamó una enfermera.

—¡Señora Martínez! —llamó otra.

Ambas mujeres se pusieron de pie y cada una siguió hasta una habitación diferente.

Josh se preguntó qué problema tendría en realidad Bella. Y ese pensamiento lo siguió hasta abandonar la clínica, cenar con su tío Ben y acostarse en su cama.

Al otro día, le preguntó como al pasar a Francis:

−Ayer encontré a Bella en una clínica de estudio de sueño… ¿tú sabes qué le sucede?

Francis sonrió y pensó: "Seguramente Ana Belén querrá saber este episodio".

−La verdad es que no te lo puedo decir por pedido expreso de Bella. Ella es muy reservada con su intimidad. −Y respirando hondo dijo−: Y ahora que me lo preguntas, hay algo que hace mucho tiempo te quería decir, pero no me atrevía: −Bella tenía, o aún tiene, no lo sé, interés genuino en ti. De los años que hace que conozco a Federico y que indirectamente conocí a Bella, te puedo decir que es una de las mujeres más tímidas para el romance, si se me permite la palabra −concluyó dándole un golpe fuerte en el hombro.

»¿Has recibido la cotización del grupo XXL? −preguntó Francis cambiando súbitamente el tema de la conversación

−Sí, aquí la tengo −contestó mostrándole una carpeta.

−Perfecto, dame media hora para leer todo y luego juntémonos para que me des tu opinión −dijo mientras dejaba a Josh meditabundo.

Capítulo 14 - Madeira

Quince muchachas subieron por la escalera del avión gritando desaforadamente por la emoción de saber que viajarían todas juntas hacia un destino desconocido. Una azafata se encontraba abajo, al borde de la escalerilla, mientras otra las recibió abordo entregándole a cada una bolsa especial. Todo el programa tenía un instructivo y una agenda.

Una vez que el jet se dispuso a despegar, recién ahí las muchachas bajaron los decibeles de la conversación. Cuando la luz de abrocharse los cinturones se apagó, sendas azafatas ofrecieron champán para todas las muchachas y como *Apéritif dînatoire -Apéritif et amuse-bouche*[57]

Cuando aterrizaron en la isla, las muchachas no podían creer lo que el director del resort les informaba:

–Bienvenidas todas. El complejo se encuentra cerrado a terceros y solo abierto para ustedes. Todas tienen la agenda, solo existen cuatro actividades que requieren la presencia de todas ustedes. Por lo demás, todas las instalaciones, la infraestructura y servicios se encuentran a vuestra disposición.

Las muchachas palmeaban entusiasmadas, otras no tanto; esperaban encontrar algún turista en esa isla.

Bella necesitaba relajarse, así que reservó un turno de masajes y un tratamiento de belleza para el rostro.

---

[57] Tentempiés, snacks franceses, caracterizados por ser exquisitos y refinados.

Las otras muchachas se repartieron entre clases con un entrenador musculoso en la playa y un entrenador en la sala del gimnasio cubierto, y otras simplemente se pusieron el traje de baño y se tumbaron a tomar sol y a beber cocteles.

Luego de varias horas, el equipo del hotel les recordó que debían estar puntualmente a la hora señalada en el itinerario en la sala destinada a espectáculos.

Las muchachas concurrieron puntualmente, presas de la curiosidad. Cada una ocupó un lugar en las mesas redondas con manteles blancos y con un centro de mesa de rosas rojas.

Súbitamente las luces se apagaron y la voz de una cantante sensual se escuchó desde los parlantes a todo volumen. Una luz blanca iluminó el escenario y las invitadas pudieron ver solo el cortinado carmesí. No había nadie. Silencio. La voz volvió a retomar el canto y, para sorpresa de todas, seis *strippers* subieron desde un ascensor interno en el escenario mismo y comenzaron a bailar al compás de la música.

"¿Quién habrá tenido esta idea espantosa?", se preguntó Bella.

—¿No es divertidísimo? —preguntó Ana Belén sentándose a su lado.

—Es la mejor idea que alguien pudo haber tenido… —contestó con una mentira piadosa para no ofender a su prima—. Sin embargo, tenía entendido que tú no querías que Francis fuera a un evento de esta calaña en su propia despedida.

—Una cosa es Francis, en compañía de Federico y sus amigotes. Y otra muy diferente es una fiesta así organizada por nosotras mismas.

—Bueno, dale la oportunidad a Francis decir que no. Que haga lo que quiera.

—No, querida, no va hacer lo que quiera —contestó resoluta.

En ese momento uno de los bailarines con instrucciones precisas de Ana Belén tomó de la mano a Bella y la otra mano la puso en la cintura de Bella, y la llevó la pista para inaugurar el baile. Al principio, Bella se resistió, pero luego se dio cuenta de que no era su fiesta, era la despedida de su prima. Así que puso su mejor actitud y bailó al ritmo que le imponían las caderas de un indio chayanne, cuyas manos le tomaban la cintura, mientras la apoyaba descaradamente por detrás, mientras que de frente tenía a Batman, con su cabeza gacha, a dos centímetros de su boca.

Bella llevaba la música y el ritmo a la par hasta que de repente Batman y el chayanne se despojaron de sus ropas en un abrir cerrar de ojos. Bella se quedó parada sin saber qué hacer, mientras las demás chicas gritaban desaforadas corriendo y colocándoles propinas a los bailarines entre sus tangas diminutas. Por suerte, los caballeros tuvieron la gran idea de buscar otra víctima y se ocuparon de Ana Belén. La buscaron y se la llevaron hacia el fondo del escenario. Bella bajó las escaleras y volvió a su mesa a los tanteos porque la luz volvió a apagarse.

Las muchachas pronto se olvidaron del paradero de la novia, pues un grupo de bailarines tomó la pista de baile, vestidos impecablemente con los uniformes de todas las fuerzas de seguridad: tierra, aire, mar, y en el caso de que se necesitara apagar algún incendio, bomberos y guardias civiles. Estos hicieron un show impecable demostrando sus dotes de bailarines. Las muchachas gritaban a más no poder y, cuando los nuevos bailarines pasaban y las tocaban, las muchachas más dinero ponían en sus bolsillos.

Hasta que de repente un estruendo apagó las luces y dejó a todos boquiabiertos y expectantes. Otra vez, la luz blanca iluminó el escenario, y todos vieron a una Ana Belén vestida de dómina sosteniendo un látigo muy largo. Los bailarines la rodeaban en forma de óvalo, tratando de tocar sus brazos. Esta simuló que le pegaba a cada uno de los bailarines y, con cada golpe, el disfraz de los muchachos se caía al piso. El efecto fue más que contundente en las muchachas y todas, excepto Bella, dejaron sus mesas y corrieron a la pista a bailar con los muchachos.

Así que, mientras estaban todas ocupadas tocando pechos musculosos, Bella encontró el momento perfecto para escaparse al bar que estaba en la playa.

Ya era pasada la medianoche, así que estaba segura de que nadie la buscaría. Necesitaba un poco de tranquilidad y el vaivén de las olas del mar se la ofrecía. Aunque también se reía sola recordando el baile de *strippers*, no podía dejar de pensar en Josh.

—Tengo que sacármelo de la cabeza de una buena vez —se dijo mientras bebía un strawberry daiquiri.

Como al tercer daiquiri, comenzó a sentir frío y decidió volver a su habitación. Pero no contaba con el error de cálculo entre la banqueta del bar y el piso, así que trastabilló sin poder poner las manos para evitar golpearse la cara. Afortunadamente para Bella, el piso era de arena, lo que hizo que el golpe no fue tan duro, pero arañazos de sangre quedaron marcados en su cara, más el polvo de la arena que tuvo que comer sin quererlo.

Inmediatamente, personal del hotel se dio cuenta de su percance y la trasladó a la enfermería, donde curaron sus golpes, y luego un chofer la llevó en un coche hasta su habitación.

Bella atinó solamente a tomar una ducha para sacarse la arena y, si fuera posible, la vergüenza por el papelón del bar, y luego se acostó directamente. A los diez minutos, el teléfono de su habitación sonó.

—¿Dónde estabas? ¡Te estuvimos buscando por un rato largo hasta que nos dijeron que te fuiste a la enfermería! —Era su prima al teléfono.

—Estoy bien. Nada que un buen sueño reparador no cure —dijo tratando de minimizar lo mal que se sentía por dentro y por fuera.

—Bueno, no te preocupes, duerme bien entonces, porque mañana tenemos un día entero de paseo en un velero.

—¡Qué bueno! —exageró con tono alegre. "Sí, estoy ansiosa por subirme a semejante nave", pensó—. Bueno, entonces tengo que dormir…

—Por favor, duerme bien. Te necesito entera a mi lado mañana.

—Hasta mañana, entonces. Sueña con los angelitos.

Luego de esa conversación, el efecto del alcohol hizo que Bella quedara profundamente dormida hasta el siguiente día.

Mientras tanto, en Londres los muchachos seguían ocupados y trabajando en sus negocios.

Josh se acercó a la oficina de Francis y le preguntó:

—¿Qué significa ese evento en tu agenda con el nombre "D.E.S.P.E.D.I.D.A." al que estoy invitado?

—Temía que no quisieras venir, así que, como aceptaste, ya no te puedes echar para atrás —dijo en Francis en broma y riendo.

—Bueno, no hay problema, ¿me puedes dar más detalles?

—Digamos que no es aquí y que la reunión de negocios ocurre en un pub —le dijo escuetamente.

—Tendremos que salir pronto si no quieres llegar tarde.

—Por nada del mundo me lo perdería.

Josh no entendía bien, pero solamente se limitó a guardar algunas cosas en su mochila, cerrarla, ponerse el saco del traje y esperar a Francis en la puerta.

Una vez que llegaron al pub, otros hombres los estaban esperando, entre los cuales estaba también Federico. Josh se alegró de ver una cara amiga y comenzó sospechar que la reunión era más de cachondeo que otra cosa.

Federico se paró sobre la barra y dio un discurso muy escueto:

—Gracias a todos por venir. Sabemos que muchos de ustedes están ocupados con hijos que tienen que cuidar y mujeres a las que no pueden contradecir... demasiado. Esto es lo mejor que pudimos hacer, dadas las circunstancias. Hemos organizado un campeonato de dardos y la consigna de esta noche es la siguiente: el que no emboca el dardo en el centro debe tomar una pinta de cerveza como penalidad. Pueden pedir lo que quieran en la carta del pub, pero absolutamente todos tienen que participar.

Se oyeron unas voces que gritaban tímidamente: "¡Hurra!".

Los hombres comenzaron ya jugar a los dardos uno tras otro y todos tomaban su pinta de cerveza hasta que dos horas más tarde no podían distinguir un tablero del reloj del pub.

Pasada la medianoche, los hombres decidieron volver a su casa. Todos pidieron taxis y prometieron volver a repetir la velada, aunque en el fondo sabían que las probabilidades serían muy pocas.

Ya afuera del pub, en la calle, buscando también un taxi, Francis continuaba abrazado al cuello de Federico y al otro lado estaba agarrado del cuello de Josh.

—Haberla conocido y casarme con Ana Belén es lo mejor que me ha pasado en la vida —gritaba a quien quisiera oírlo.

—Me alegro por ti —le decía Josh—. Ahora agacha la cabeza y entra al taxi.

—Eddes el único que no esssstá borrachouuu —le dijo Francis a Josh con tono de reproche.

—Es que tengo un juego de dardos en mi casa y, cuando estoy nervioso o tengo que pensar algún proyecto, juego a los dardos.

—Ahora entiendo por qué siempre acertaste en el blanco.

—Bueno, pero tú tampoco estás borracho, o muy borracho que digamos… —le dijo Josh a Federico.

—Digamos que mi prima me ordenó que cuidara de él, así que uno de los dos debía mantenerse sobrio.

El taxi llegó hasta el domicilio de Francis. Este dormía como un tronco, con su cabeza apoyada en la ventanilla izquierda.

—A ver cómo nos las arreglamos para llevarlo hasta su casa —dijo Federico mientras enroscaba el brazo de Francis y lo levantaba.

Josh encontró las llaves de la casa de Francis luego de tantear todos los bolsillos posibles. E inmediatamente lo tiraron en su cama vestido, solamente se tomaron la molestia de sacarle los zapatos.

—Creo que hemos terminado nuestra buena obra del día —dijo Josh.

—¡De ninguna manera! ¡Esto no ha terminado todavía!

—¿Qué quieres decir?

—Quiero decir que nos merecemos una cerveza por el servicio de *delivery*.

—Todavía no te entiendo…

Federico no dijo mucho, sino que fue directamente al refrigerador de Francis, tomó dos cervezas, las destapó y ofreció una a Josh.

–Salud.

–Salud.

–¿Qué piensas que estarán haciendo Ana Belén y sus amigas? ¿Ya festejaron o festejan justo hoy la otra despedida de soltera? –preguntó inocentemente Josh.

–¡Ah! ¡Es cierto! ¡Tú no sabes!

–¿Qué cosa no sé?

–Que Ana Belén, mi hermana y trece amigas más están en una isla paradisíaca haciendo su despedida de soltera

–Estás bromeando… ¿qué isla paradisíaca?

–Madeira.

–¿Y Francis aquí, en un pub roñoso, con sus amigotes tan borrachos como él?

–De ninguna manera, no conoces a mi prima Ana Belén…

–Es verdad… pero ¿por qué Francis no imitó a su novia y salió del país en un viaje? ¿Y nosotros solamente en un pub? ¿No tiene temor de que algo pase en "esa isla paradisíaca"?

–No te preocupes, ahí está la correcta de mi hermana para impedir desmanes –dijo casi sin pensar Federico.

Josh no dijo mucho, solamente su semblante cambió y decidió no hablar, sino tomar un sorbo de la botella en cambio.

–Perdón por mencionar a mi hermana, no me di cuenta.

–No tienes nada de que excusarte, es tu hermana.

–Es verdad… Y sigue enamorada de ti… –agregó casi como al pasar.

Josh volvió a tomar un sorbo de cerveza, y otro más hasta que finalmente terminó la botella.

—Gracias por la cerveza, pero me tengo que ir, antes de que se entere de que me he tomado una de sus maltas. Mañana también trabajo y ese que está ahí tirado en la cama es mi jefe.

—Te acompaño a la salida.

Mientras tanto, en la isla de Madeira, a la mañana siguiente, el sol asomó como de costumbre y ya bien temprano las temperaturas eran muy elevadas. Las muchachas parecían autómatas: todas se dejaban llevar por las instrucciones de los encargados del velero sin emitir ninguna palabra por temor a vomitar. Habían estado demasiado borrachas la noche anterior y la luz del sol era demasiado fuerte, aun usando gafas para protegerse de los rayos solares.

El velero era de 25 metros, de gran tamaño, y el mar estaba tranquilo, mas aun así alguna de las chicas sufrió de mareos. Entre ellas encontraba Bella.

El velero hizo una parada y las más corajudas bucearon siguiendo al instructor. Otras se quedaron esperando en el velero. A la vuelta, los delfines saludaban a la embarcación y las muchachas celebraban las morisquetas de los cetáceos.

Ya cansadas del tour, muchas decidieron dormir un rato hasta la próxima actividad.

En la cena de la noche, Ana Belén contrato bailarines profesionales para que todas pudieran pulir su técnica de baile y estar listas para el casamiento. Salsa, rock'n'roll, vals y tango.

—¿Tú crees que pueden este tipo de bailarines prestar servicios en tu casamiento? —preguntó Bella.

—¿Por qué lo dices? —preguntó Ana Belén.

—Porque todos los hombres que conozco son ingleses, y no bailan… Si saben bailar bien, tienen más años que la *Mother*

Queen[58]. Y tampoco sirve que hagan un curso acelerado simplemente, no es su fortaleza.

–Bueno, pero invitar extraños así como así… –dudó Ana Belén.

–Si no, permaneceremos sentadas toda la noche.

–¡Tienes razón! ¡Veré lo que puedo hacer! ¡Muchas gracias por remarcarlo!

Pasada la medianoche, Bella estaba pasada de revoluciones y fuera de combate. Sin embargo, la fiesta seguía y las muchachas todavía tenían varias horas de fuerza en su cuerpo disponible.

Así que, despidiéndose de todas, les deseó buenas noches y se encaminó directamente su habitación.

El último día de jolgorio, las muchachas estaban al límite de sus fuerzas. Fue necesario que el personal del hotel ayudara a Ana Belén, junto con los instructores, a despertar puerta por puerta a las muchachas, que parecía que no daban señales de vida.

Dos horas después, varios litros de café cargado y agua mineral mediante, quince capelinas con gafas soleadas caminaban juntas dando tumbos al mejor estilo zombies de *The Walking Dead*. Por suerte para ellas, cinco carros de golf las estaban esperando para llevarlas a un campo de golf de 18 hoyos recientemente inaugurado.

Cuando Ana Belén hizo el comentario con fastidio de que allí lamentablemente no habían podido cerrar el predio solo para ellas, las muchachas casi gritan de alegría. Allí habría hombres, en su gran mayoría.

A los pocos minutos de viaje, tres instructores de golf las recibieron y las chicas se dividieron siguiendo caminos diferen-

---

[58] Reina Madre.

tes, pues el entretenimiento se dividiría entre las avanzadas, las intermedias y las principiantes.

—Qué bueno que no todas son profesionales del golf. Me hubiera sentido muy mal, muy ignorante, siendo la única que no sabe cómo empuñar un palo... —comentó ya más relajada Bella.

—No te preocupes, a mí me encanta el tenis. Es el único deporte que practico —comentó una de las muchachas que estaba sentada junto a ella y que, precisamente, sería dama de honor junto con Bella.

—No todas podemos ser diez en todo. A mí no me gusta ningún deporte... —dijo la tercera chica del carrito, metiéndose en la conversación—. Así que estoy contenta de pasar el día para después contarle a mi familia cómo me sentí jugando golf.

Cuando llegaron a la parte donde practicarían los primeros ejercicios, Bella se dio cuenta de que carecía de fuerza de brazos, pues su swing era mucho más débil que el de sus dos compañeras.

—Chicas, creo que han nacido para este deporte —dijo Bella haciendo una pausa en los golpes y mirando los golpes de sus compañeras con admiración.

Luego de un par de horas, el grupo entero se reunió en el elegante bar restaurante del complejo. Las muchachas estaban más que exultantes.

—¡Qué día más divertido! —dijo una.

—¡Estoy muerta! —dijo otra.

—¡Qué bueno que vamos a almorzar ahora! —dijo una tercera.

Las muchachas comieron vorazmente luego de tan extenuante actividad física.

—Chicas, ¡ahora tenemos un momento de relax! —anunció con el pecho inflado de orgullo Ana Belén—. Disfrutaremos de masajes tailandeses en la playa.

—¿Nos atenderán a todas? Porque terminaremos un poco tarde… somos muchas —preguntó una.

—Tal vez nos vayan llamando de dos en dos —concluyó otra.

El director del complejo llegó a los pocos minutos anunciando que todas las carpas estaban listas. Las muchachas murmuraban sacando miles de conclusiones sobre qué sería eso de las carpas exactamente.

Ana Belén escuchó las diferentes conversaciones y, montada en el carrito de vuelta al hotel, enseguida solucionó el rumor escribiendo en el grupo privado de Whatsapp:

"Trajimos masajistas tailandeses que nos atenderán a todas en la playa. A todas juntas. Lo mejor es que tomemos 90 minutos (eso es lo recomendado). Luego las que quieran podrán descansar un par de horas, porque lo vamos a necesitar. La próxima actividad requerirá de todos nuestros sentidos. Una hora antes de que la actividad comience, las llamaremos por teléfono para despertarlas o recordarles que nos encontraremos en la recepción".

Enseguida se podían leer comentarios con emoticones con cara de sorpresas.

"Esta y la otra actividad que dices no estaban en el programa".

"Es que no habían llegado a la isla por eso no podía confirmarles. No quería ilusionarlas y luego decirles que no se podría por causa de fuerza mayor. Pero, por favor, chicas, no pregunten más. Solo tienen que dejarse sorprender por esta y por la próxima actividad".

Las muchachas se quedaron paradas de una pieza cuando llegaron a la playa y las recibieron quince masajistas vestidas con los vestidos típicos de Tailandia y adornadas con orquídeas en su pelo.

Bella se acostó en su camilla blanca y, tan pronto comenzaron los masajes, el sonido de las olas que rompían en la playa hizo que Bella se quedara profundamente dormida. Solo se despertó al toque de la masajista para darse vuelta y que la masajista continuara con su tarea con el cuerpo de Bella boca arriba. Luego de 45 minutos, la masajista la volvió a despertar para decirle que la sesión de masajes ya se había terminado.

A la hora señalada, los teléfonos de las habitaciones de las muchachas comenzaron a sonar. Eso hizo que todas estuvieran listas puntualmente en la recepción. Juntas fueron conducidas hasta la playa nuevamente.

El sol ya empezaba a ponerse en el horizonte. Los encargados del hotel llegaron con lentes de realidad virtual que repartieron a cada una de las invitadas. Una vez que el sol se puso en su totalidad, la actividad comenzó y todas se colocaron los lentes. El programa comenzó estando posicionadas las participantes como si estuviesen flotando fuera de la órbita terrestre. Veían tranquilamente cómo la Tierra giraba en su eje. De repente, a toda velocidad descendieron atravesando todas las capas de la atmósfera terrestre. Iban en dirección al continente americano, luego a Sudamérica, para llegar al centro de Argentina, a la provincia de Mendoza.

Allí recorrieron paralelamente la cordillera de los Andes con sus picos nevados, acompañaron en su vuelo a dos cóndores durante un largo rato para luego descender en altura y desde el aire ver variados viñedos y plantas de olivares. Hasta que finalmente pisaron tierra. Una mujer vestida de frac blanco, de unos treinta y tantos años, de cabellos oscuros y ojos color café, con un par de gafas de sol también en color blanco, salió a recibirlas, con las siguientes palabras:

–Tengan ustedes muy buenas noches. Esta es la última actividad en la fiesta de despedida de soltera de Ana Belén. Mi nombre es Eleonora Jriglos y soy sommelier de nacionalidad argentina. Aquí estaré con ustedes para guiarlas en la mejor degustación de vinos espumantes, con procedencia de Argentina, Mendoza.

»Les he venido a presentar una bodega de familia, dedicada exclusivamente a la elaboración de espumantes. Pero antes me gustaría contarles una historia:

»En la abadía de Dom Perignon, en su momento sucedieron cosas con las burbujas que modificaron el mundo del espumoso. Lo que sucedía es que la zona de Champaña es muy fría y, durante el proceso de la segunda fermentación, que sucedía en la botella, los corchos que en esa época usaban reventaban porque comenzaban a refermentar. Los productores pensaban que estaban podridos o que los corchos estaban embrujados… Sin embargo, lo que sucedía era un proceso natural.

»La definición de los métodos tiene que ver con el lugar donde sucede el proceso de segunda fermentación. Puede suceder en un tanque de acero inoxidable o en una botella. En el segundo caso, se siembran cepas de levadura que vuelven a fermentar y provocan la toma de espuma. La diferencia tiene que ver con el aroma, pero por sobre todo con la textura. En general, los vinos estilo charmat son más frutados, en el *champenoise* se pueden identificar sabores de tostado, ahumado.

La sommelier levantó su copa y dijo:

–¡Salud! Pueden brindar conmigo si quieren y, para ello, ya pueden sacarse los lentes de realidad virtual.

Las muchachas tímida y lentamente se quitaron las gafas de realidad virtual para encontrarse con el peculiar personaje cara cara en persona. Algunas exclamaron pequeños gritos de sorpresa.

—Por aquí, por favor, síganme —ordenó sin saludar ni presentarse. Ya lo había hecho virtualmente minutos antes.

Encontraron mesas con manteles primorosamente decorados en color blanco y carmesí. Había champañeras gigantes de plata colmadas de hielo, adornadas con varias botellas de diferentes vinos espumantes. En la mesa de enfrente, se podían ver otras botellas de vinos blancos y rosados como adorno, de la misma manera que los espumantes.

—Probaremos espumantes de la bodega LoSance. Los hermanos son cuatro: María, Pablo, Lilia y Gianluca. Los hermanos crecieron separados porque son hermanos de padre, pero no de madre. Así cuando los herederos crecieron, decidieron crear un proyecto en común. Ellos tienen una viña en un pueblo que se llama El Carrizal y otra en Gualtallary.

»Vamos a probar dos espumantes estilo charmat y dos estilo champenoise. Cada uno de los espumantes identifica a un hermano y en el estilo, en el perfil de ese vino, aparece la personalidad de cada uno.

»El primero es un extra brut entre 7 y 12 gramos de azúcar. 60 % chardonnay y 40 % chenin blanc de El Carrizal. Es una zona más cálida que Gualtallary. Las uvas son enviadas al tanque con racimo entero y no se corrige su acidez. Este vino es dedicado a Gianluca.

»No hay muchas compañías que produzcan espumantes solamente y, en general, les sale muy bien.

»El siguiente es brut tiene agregado de mosto vínico y 15 gramos de azúcar. Sigue siendo charmat. También 60 % chardonnay y 40 % chenin blanc. Lilia va representar el brut, se encarga de la comunicación y es la amorosa y romántica del proyecto. La etiqueta está tomada del patio de su casa: las baldosas de los inmigrantes italianos y españoles.

»Demi sec 60 % chardonnay y 40 % chenin blanc.

»Ahora pasemos al champagne nature. María es bióloga y fue la que convocó a hacer algo juntos. Nature, no tiene dosage. Solo 3 gramos de azúcar, método tradicional. 70 % chardonnay 30 % pinot noir. El pinot se cosecha muchísimo más temprano. Gualtallary.

»Champenoise pinot noir, el color es salmón, se siente el aroma a ahumado. Este vino está dedicado a Pablo, que es ingeniero industrial.

»Ahora pasemos a probar, como último vino de esta degustación, un vino blanco que se llama Geisha de Jade. −Las muchachas exclamaron con curiosidad al escuchar su nombre−. Es un blend de cepas típicas del Ródano francés, Marsanne y Rousanne, es el primer blend de este tipo en Argentina. Es un vino inmensamente femenino. Las dos cepas fueron cofermentadas, fueron criadas biológicamente, fermentación malolactica. Si, prueben percibirán notas de manzanas asadas, de frutos secos. Este vino tiene una vida increíble. Es de Finca de Los Chacayes.

Luego de las descripciones de los vinos y de su degustación, las muchachas vivaron a la sommelier y pasaron al salón comedor.

Una vez sentadas allí, las muchachas tenían sentimientos encontrados. Por un lado, estaban tristes de que esa fantasía se terminara, pero, por otro lado, algunas ya deseaban volver a sus casas para continuar así con los preparativos para la boda que duraría tres días en Milán. Bella contaba las horas para que la fiesta se terminara para poder continuar con su vida normal.

Cuando las muchachas abordaron el avión de regreso a Londres, ya no había rastros de la algarabía y los gritos del viaje de ida.

El comandante del avión, extrañado por el silencio reinante en la nave, le preguntó a su segundo haciendo una broma:

—¿Alguna de las azafatas les mezcló algún sedante en la bebida para que duerman todo el viaje?

—No lo creo... —Se rio—, pero mejor así, que estén tranquilas. Así no tendremos que retarlas para que se queden quietas como sucedió a la ida.

El jet tocó suelo londinense a la hora prevista y despachó a todas las pasajeras semidormidas. Una vez que todas se subieron a sus respectivos taxis, Bella y Ana Belén se quedaron a solas.

—Espero, Bella, que te hayas divertido —comentó esperando una respuesta favorable.

—Por supuesto. Ha sido exactamente como eres tú: exageradamente generosa y complaciente para tus amigas. Tardaremos en olvidar este fin de semana largo contigo.

—¡Qué bueno! Si a ti te ha gustado, entonces me quedo tranquila.

Capítulo 15 - Pagando deudas

Bella llegó nuevamente a la cita con su psicóloga Seymour y en seguida tomó asiento en su sillón forma automática, ya sabía cómo era el protocolo.

—Cuéntame, Bella, si tú y tu familia tienen algún tipo de ritual, algo que repiten habitualmente.

—La verdad es que se me viene mucho a la mente los miércoles, cuando comemos todos juntos. Además, aunque mi hermano yo vivimos en casas separadas, hablamos todo el tiempo por teléfono.

—¿Y a ti le produce placer o es más una obligación?

—No, está muy bien porque, si no tuviera ese ritual, como usted lo llama, tal vez vería menos seguido a mis tíos.

—Háblame de lo que sientes hacia el hombre que chocó con su auto a tus padres, en ese fatal accidente.

—Le tengo que confesar algo: dejé de pensar en ese hombre desde que empecé a concurrir a su consulta, y no tengo nada que decir.

—Siempre hay algo que decir de las personas que han quedado guardadas en el corazón por cosas que han hecho, por lo menos pensamos cosas que no son gratas…

—Pero, sin embargo, a mí no me sale decirlo…

—Vamos a hacer un ejercicio que se llama: "Escribir, leer y romper".

—¿Quiere que haga esa tarea en casa?

—No —le contestó alcanzándole un cuaderno y un lápiz–. Te voy a dejar sola y tienes que pensar en algún recuerdo triste, como por ejemplo, el accidente de tus padres, o algún otro. Escribe todo lo que quieras, sin tachar sin corregir. Otórgate el permiso de expresar todos los sentimientos que tengas.

Luego de unos momentos Bella se encontraba sola en la sala. Comenzó escribir algunas cosas. Al principio, tachó todo y reescribió. Hasta que volvió acordarse de que se podía escribir cualquier cosa.

Cinco minutos antes de que la consulta terminara, la doctora Seymour entró a su oficina para decir solamente:

—Ahora guarda y llévate el cuaderno, y escribe durante una semana. Y antes de venir para acá, encuentra un lugar donde estés sola, puede ser un bosque, puede ser un río, etc., lee en voz alta lo que escribiste durante todos estos días y luego, por favor, rompe el cuaderno.

Ese mismo día por la tarde, Federico acudió a la consulta, como había acordado con la psicóloga Seymour.

—Buenos días, adelante. Hábleme de usted.

—Mi nombre es Federico y mi hermana mayor se llama Bella.

—Cuénteme a qué se dedica.

—Soy abogado especializado en transacciones bancarias, lavado de activos y todo lo que tenga que ver con actividades financieras.

—Muy interesante. Entiendo que es argentino —prosiguió–. ¿Hace ya mucho tiempo está en Inglaterra?

—Sí, a veces me siento un poco más inglés que argentino, debido a que paso más tiempo aquí que en Argentina.

—¿A qué se debe su residencia aquí?

—Pensé que Bella ya se lo había contado…

—Me gustaría escuchar la historia desde su punto de vista.

—Mis padres murieron como consecuencia de un atentado y mis tíos nos recogieron.

—¿Qué clase de atentado?

—Un coche bomba explotó frente a ellos.

La doctora Seymour se encontraba sorprendida de conocer la verdad de otra fuente y no directamente de su paciente, Bella. Sin embargo, no profirió comentario alguno.

—¿Qué edad tenían cuando murieron sus padres?

—5 y 7.

—¿Conserva muchos recuerdos de ellos?

—Para mi desgracia, no…

—¿Alguna vez sintió la falta de su madre, por ejemplo?

Federico se tomó un tiempo para pensar y dijo:

—La verdad es que Bella, siendo mi hermana, se ha ocupado de mí y ha ocupado también ese rol maravillosamente.

—¿Y piensa que su hermana se autoimpuso ese rol o no había nadie más que lo hiciera?

—La verdad es que mi tía es como nuestra madre, sin embargo, el primer año en Londres recuerdo que yo dormía siempre en la cama de Bella.

—¿Era por algún motivo especial?

—La verdad es que solo podía conciliar el sueño cuando estaba cerca de Bella.

—¿Alguna vez trató de proteger a su hermana de algo o de alguien?

—La verdad es que sí, últimamente se invirtieron los roles y los esfuerzos. Ahora soy yo quien se ocupa de su oficina debido a su baja temporal en el trabajo.

—¿Y usted se siente cómodo haciendo un rol que normalmente no cumple?

—Bella es muy profesional y no permite que nadie opine de su trabajo, a menos que ella pida opinión, sobre todo desde el punto de vista legal. Por supuesto, tengo que devolver de alguna manera todo lo que mi hermana ha hecho por mí…

—¿Y usted piensa que su hermana le va a "cobrar" todo lo que ha hecho por usted?

—Nunca se me pasó por la cabeza. No lo creo, para nada. Bella es todo corazón. Lo que sí creo es que mi hermana ahora me necesita y me alegro de estar capacitado para solucionar sus trámites administrativos en su empresa, ahora que está de baja temporal.

La terapeuta hizo una pausa para preguntar lo que ya tenía en mente desde hacía tiempo.

—¿Habla usted seguido con ella acerca de sus padres?

—No, la verdad que es un tema… cómo decirlo… tabú entre la familia. Cuando hemos tratado de hablar, siempre alguien se pone a llorar como una magdalena…

—¿Y usted piensa que ese llanto es para evitar profundizar en los temas o qué?

—La verdad es muy dolorosa y, como le dije, casi ni hablamos del tema.

—Es muy sanador hablar… Los temores del pasado se debilitan si hablamos sobre ellos, ya no tienen poder sobre nosotros. Si usted desea, puedo recomendarle excelentes colegas…

—No lo sé… déjeme pensarlo… —contestó dubitativo. Luego, como si quisiera escaparse, preguntó—: ¿Tiene alguna pregunta más?

—No, creo que está bien. Le agradezco su tiempo.

+++++++++

–¿Hola?

–Bella, querida. Soy Bambi. Disculpa que te llame así… sin más.

–¡Ah! Bambi… –exclamó sorprendida Bella–, ¿cómo está?

–Mejor, mejor…, ahora que comencé con el tratamiento–. ¿Y tú?

–Este tratamiento lleva tiempo, pero tengo esperanzas – contestó sincera.

Bella realmente apreciaba a esta señora, le había caído muy bien desde el primer momento. Así que, sin pensarlo dos veces, le dijo:

–Me alegra muchísimo que me haya llamado así, sin más. Creo que nos debemos una salida para charlar de cosas de mujeres. Me encantaría tomar el té y tengo la impresión de que usted conoce las mejores casas de té de Londres.

–El mejor lugar donde se sirve té en Londres es en mi casa, así que estás cordialmente invitada, solo pon el día y la hora, yo me acomodaré si tengo algo –dijo amablemente

–Hum… –dijo pensativa–. La verdad es que podría mañana luego de mi cita con mi terapeuta. Perdón por la cercanía de la cita… Las próximas semanas serán simplemente una locura sin precedentes en mi vida. Verá, mi prima se casa en Londres y en Milán, y después deberé tomarme vacaciones para descansar.

–Pues justamente mañana no tengo nada en mi agenda, así que te espero a la salida de tu terapeuta ¿que será a qué hora?

Bella hizo un cálculo mental y contestó:

–Alrededor de las 16:30 estaré en su casa.

–Perfecto, nos vemos mañana.

Bella cortó y sonrió maliciosamente. "Si a Josh no le gusta, no me importa. Esta mujer es increíblemente interesante, pero tal vez también podría ayudarme con Josh. No, mejor no… −Se arrepintió de sus planes−. Si Josh me quiere, que me quiera porque me cree, y no por insistencia de su tía… Aunque no me cree, y todo por culpa de Mark… ¡narcisista crónico! ¡No sabe lo que ha hecho! −Lo insultó mentalmente−. Seguro que debe estar pasando sus días de maravilla. Mientras que yo extraño terriblemente a Josh… Justo cuando había conocido finalmente a buen hombre", pensó.

Mark entró a la iglesia metodista de Notting Hill. Ese día estaba vacía porque no había actividades. Miró a ambos lados tímidamente buscando al pastor José. Todas las puertas que había visto el día del evento con la comunidad se encontraban cerradas con llave.

Entonces decidió esperar sentado en una de las bancas. La señal de wifi no funcionaba en ese recinto. Como a los dos minutos apareció el pastor José.

−¡Hola! ¿Cómo estás, Mark?

−Hola, José, gracias por recibirme.

−¿Quieres hablar aquí o quieres ir a mi oficina? En los dos lugares estaremos solos.

Mark dudaba hasta que dijo:

−Aquí, entonces.

−Bueno, cuéntame entonces a qué debo tu visita.

−Verá, el hecho de haber servido la comida semanas atrás hizo que reflexionara un montón de cosas en mi vida. Por ejemplo, estuve tres años en pareja con una persona que es muy frívola, pero justamente el día anterior había terminado esa relación.

»El sábado del evento quería proponerle a Bella empezar a vernos, pero resulta que ella y mi asistente ya estaban una relación, y solo lo vi porque Bella me lo dijo con todas las letras, si no, no me hubiera dado cuenta jamás. Me pregunto quién era más frívolo en la relación anterior. ¿Éramos nosotros dos frívolos? Porque ni siquiera me di cuenta de que mi PA estaba interesado en la mujer a la que le estaba pidiendo una cita…

La catarata de monólogo abrumó a José. Pensaba que se trataba o que se trataría de cualquier otra cosa, menos de problemas de corazón. A él no lo iban a ver por esa razón normalmente.

—El hecho de que digas que eres frívolo significa que tal vez no lo eres o que vas en camino a no serlo, o a serlo un poco menos —comenzó José.

—¿Qué quiere decir? —preguntó un poco confundido.

—Bueno, ni más ni menos que, si fueras frívolo o tal vez calculador, no te interesaría cambiar. Todos cambiamos frente a algún hecho o circunstancia que nos toca vivir.

—La verdad es que mis padres son muy fríos y yo siempre me había jurado no terminar como ellos, pero, José, fíjese que luego de ese evento mi mejor amigo renunció pensando que quise ligar con su novia, y yo ni enterado que estaba ocupada… Todo lo contrario: pensaba que ella estaba un poco interesada en mí.

—Si tú no has hecho nada de lo que me dices, entonces dale tiempo y, si es realmente tu amigo, volverá…

—El hecho es también que estaba abusando un poco de su disponibilidad laboral y de su tiempo libre, y estoy arrepentido.

—¿Quieres que vuelva a trabajar para ti?

—Quiero que vuelva a ser mi amigo…

José había sido *trader* en un banco en Suiza por varios años, así que le aconsejó la única manera en que los hombres de negocios sabían agradecer.

—Bueno, lo primero que te aconsejaría es que prepares un borrador donde le digas cuán importante es para ti su amistad. En segundo lugar, si realmente te importa tu amigo, entonces demuéstraselo con algo tangible, por ejemplo dinero. A ver, ¿quién es el mejor empleado en tu empresa?

—Era Josh, mi amigo —contestó Mark sin dudar.

—Entonces tengo que pensar que también recibía los mejores bonos al final de año, o en marzo, ¿verdad?

—No siempre… —contestó un poco avergonzado—. Verá, a veces tengo idiotas con los que tengo que quedar bien…

—Bueno, eso refuerza mi teoría. Envíale el mejor bono que pienses. ¿Cuál sería? Y no me lo digas.

Mark se tomó un tiempo para pensar un bono de seis ceros.

—Ahora multiplicado por tres… —sentenció José.

—¡Wow! —Sonrió Mark—. ¡Usted no se anda con vueltas!

—Si quieres dejar de ser frívolo, entonces debes empezar a ejercitar la generosidad y el reconocimiento.

—Tiene razón —dijo Mark mientras se rascaba la cabeza—. No lo había pensado así.

»Quisiera empezar a concurrir… Realmente me ayuda cada vez que vengo…

—Muy bien, entonces te espero el domingo.

—Aquí estaré —dijo Mark mientras se despedía con un apretón de manos.

Fecha: Septiembre, 1ro
De: Mark Jones
Asunto: Perdón, amigo

Querido Josh:

Te escribo para disculparme y espero que estés bien. Sé que la última vez que hablamos no terminamos como alguna vez pensé que sería tu despedida, yo deseándote todo lo mejor y tú yendo al proyecto de tus sueños…

La verdad es que no sé cómo me involucré durante tanto tiempo con una persona como Larissa. Tal vez porque siempre estabas tú para sacarme de los apuros en los que me metía.

Quiero pedirte disculpas por no saber leer lo que estaba pasando entre Bella y tú. Jamás me hubiera acercado de haberlo sabido.

Por lo demás, tu compromiso en tu trabajo y conmigo, tus ideas, tu voluntad están expresadas en una carta de recomendación que te adjunto. El original lo recibirás por correo. Además, recibirás un bono congruente con todos estos años de labor, más seis meses de sueldo.

Amigo, no pienses mal de mí. Solo te estoy agradeciendo infinitamente todos estos años.

Espero que la próxima vez que nos veamos nos podamos dar un abrazo.

Te deseo todo lo mejor en tu futuro y con Bella.

Mark.

Josh tuvo que releer más de cuatro veces lo que Mark decía en su correo electrónico. Mark jamás se disculpaba con nadie. Luego, buscó su tarjeta de acceso a su cuenta de banco e ingresó inmediatamente. Sus ojos no daban crédito a lo que el saldo de su cuenta decía: tenía más de £3'600'000 en su cuenta corriente.

A continuación, buscó su celular y trató de llamar a Mark para luego colgar. Caminó de una punta hacia otra en su hogar sin saber qué hacer. Luego llamó a sus tíos a la casa para contarles. No estaban, volverían en dos horas más o menos.

"Mejor será dejar pasar una noche. Que se enfríen mis emociones", pensó.

Al otro día, Josh llegó a su trabajo muy temprano. Su plan era retirarse dos o tres horas antes si Francis se lo permitía. Cerca del mediodía se lo hizo saber a su jefe.

—Por supuesto que puedes irte antes si tienes que arreglar algunos asuntos personales —le dijo Francis—. Espero que no sea nada grave.

—No lo es, pero es importante que lo resuelva lo antes posible, gracias.

Josh tenía que contar sus novedades a sus tíos. Ellos sabrían cómo aconsejarlo. Tomó el primer tren que lo acercó hasta la casa. Como siempre, el mayordomo John abrió la puerta antes de que Josh pudiera siquiera golpear.

—Buenas, John.

—Buenas tardes, señorito Josh.

—¿Mi tía?

—Se encuentra tomando el té…

—Ah, muy bien, no se preocupe —interrumpió Josh—, iré yo mismo a saludar.

Al acercarse a la sala donde su tía normalmente tomaba su té de las cinco, escuchó otra voz femenina y risas, así que trató de escuchar y se quedó un rato espiando, pero al no poder entender ninguno de los chistes, decidió entrar, pues supuso que sería alguna de sus amigas.

—Buenas tardes y perdón por interrumpir —saludó con amabilidad, mientras abría suavemente la puerta.

—Pasa, Josh, pasa —ordenó Bambi. "Esto está saliendo de maravillas", pensó.

Josh abrió en su totalidad la puerta y, al ver a las dos mujeres, se quedó como petrificado, sin saber qué decir ni hacer.

—Pero no te quedes ahí parado, y sírvete una taza de té —ordenó su tía.

Josh obedeció, dadas las circunstancias de su repentina visita y por no querer contradecir a su tía debido a su enfermedad. Bella tenía sus mejillas más coloradas que un tomate cherry. Bambi no decía nada, solamente se divertía al mirar a Bella y a Josh.

El sobrino de Bambi tímidamente tomó asiento enfrente de las dos damas y se olvidó de la taza de té.

Inmediatamente, Bambi comenzó con un montón de historias divertidas, pero ninguno de los dos muchachos escuchaba. Hasta que John, su mayordomo, entró inesperadamente en la sala y anunció:

—Madame, tiene un llamado telefónico urgente de una de sus amigas.

—Disculpa, Bella. El deber me llama, últimamente estoy muy ausente con mis amistades, pero seré breve —mintió. Mirando a Josh, le ordenó: —En mi ausencia, entretén a Bella, por favor.

Cuando John cerró la puerta detrás de Bambi, esta le dijo:

—No podrías haber tenido mejor *timing*, John, te lo agradezco.

—A sus órdenes, Madame. —Se inclinó para volver a acotar—: ¿A quién quiere llamar por teléfono?

—Llamemos a Myrna, hace ya tanto tiempo que no tengo noticias de ella y habla sin parar como un loro.

Mientras tanto, en la habitación contigua, Josh y Bella se miraban sin saber qué decir. Bella estaba muy ofendida en su amor propio, así que optó por el silencio.

—Espero que los resultados de tu estudio de sueño hayan salido como esperabas.

—No lo sé aún porque tengo que ir la semana que viene a ver a mi psicoanalista —contestó escuetamente tapándose la cara con su taza de té.

—Estoy trabajando con Francis, el prometido de tu prima.

—Felicitaciones.

Josh agradeció meneando la cabeza. Se le habían acabado los temas de conversación y Bella no lo ayudaba en nada.

Bella miraba en dirección a la puerta rogando que Bambi volviera de donde se había ido. Pasaron diez minutos y Bella se sirvió nuevamente té.

—¿Cómo estuvo la despedida de soltera de tu prima?

—Intensa —dijo con media sonrisa dibujada.

—Es increíble las ganas y la fuerza y energía que tiene tu prima.

—Ni que lo digas. La semana que viene se casan por civil y dentro de un mes se casan en Milán.

—Es verdad. Estoy invitado a las dos fiestas. Espero que no te moleste…

—¿Por qué habría de molestarme? No es mi fiesta… —contestó secamente.

Josh se sorprendió de la dura respuesta, pero no dijo mucho. En parte se lo merecía. En parte no. El silencio volvió nuevamente a reinar en la habitación, hasta que llegó Bambi. Esta se sorprendió de las malas vibraciones que percibió cuando entró. El aire estaba cortante.

—Me tengo que ir —dijeron más o menos los dos a dúo poniéndose de pie.

—Me temo que va a ser imposible, pues le he dicho a John que prepare dos puestos en la mesa.

Los dos muchachos no sabían qué decir. Pero Bambi, si no ganaba la partida, se aseguraría de empatar. Los muchachos comenzaron a balbucear excusas, pero Bambi los interrumpió y dijo resuelta:

—Que nadie me contradiga, pues el doctor me dijo que no tengo que experimentar disgustos —exageró.

En ese momento entro el tío Ben, ignorante de todas las maquinaciones de su esposa.

—Querida Bella, cuánto me alegro de tenerte de visita.

—Sí, querido. Bella y Josh nos acompañarán a cenar.

La cena transcurrió con conversaciones generales: el tío Ben comentando de política y de economía, del Brexit y sus consecuencias, ventajas y desventajas. Hasta que la sagaz de Bambi preguntó:

—¿Cuándo te entregan tu departamento, querida?

Bella, al escuchar esa pregunta, casi escupe lo que estaba bebiendo. No recordaba cuándo había comentado con los tíos de Josh el tema del apartamento.

—La verdad es que, con todo lo que me ha sucedido, no pude mantener mi palabra y, a estas alturas, no sé si lo habrán vendido a otro comprador.

—Deberías insistir en que no ha sido mala fe… —aconsejó Bambi.

—Tienes razón, y ahora me has dado ganas nuevamente…

—Josh, querido, ¿por qué no le das una mano en este tema?

Josh volvió a quedarse petrificado ante semejante sugerencia.

−¿Te pasa algo, muchacho? −le preguntó Ben.

−Si Bella me lo pide, la ayudaré con mucho gusto −contestó sin sacarle los ojos de encima.

Bella se ruborizó, pero no dijo nada al respecto. Bambi aún percibía que la situación entre ambos no había mejorado en su ausencia. Así que debería pensar en otro plan.

−Querida, me dice Josh que irá al casamiento de tu prima. ¿Queda algún plan pendiente para la boda?

−Bueno, lo cierto es que pensé que la despedida de soltera había terminado. Estuvimos en la isla de Madeira, quince de sus mejores amigas. Sin embargo, ahora parece quiere hacer una cena para las solteras-divorciadas que asisten el casamiento, pero que no son tan allegadas a la novia, más bien son conocidas o conocidas del novio.

−Cuánto ha cambiado la costumbre desde que nos casamos, ¿verdad, Ben?

−Ahora que lo escucho, la verdad es que sí. Nuestras despedidas de solteros fue ir a tomar cerveza al pub y Bambi y salió cenar con unas amigas.

−Bueno la despedida de soltero del novio fue exactamente lo mismo. Los hombres somos predecibles. Somos felices con una cerveza.

−No todos, no todos, las costumbres también cambian. ¿Qué te parece, Bella, si nos tomamos el armañac de 1906? −invitó el tío Ben.

−Me parece una idea fantástica.

Al finalizar la velada, Bambi rogaba que Josh hiciera algún movimiento de tipo romántico, pero los minutos pasaban y nada de eso ocurría, así que muy resuelta Bambi ordenó:

−Josh querido, por favor, no dejes sola a Bella. Acompáñala hasta su casa.

—No, por favor. No te molestes, me tomaré un taxi —se excusó.

—Nada de eso, nada de eso. Mi familia acostumbra acompañar a las damas.

Ambos salieron sin discutir con Bambi a la puerta de calle. Hubiera sido imposible convencer a la tía de otra cosa.

Mirando a Josh, le dijo casi por orgullo y obligación:

—Ahora que estamos solos no tienes que fingir más ser amable conmigo. Y, como dije arriba, me tomaré un taxi sola.

—Como tú quieras —contestó sin más.

Bella se desencantó un poco, muy en el fondo hubiera querido que Josh la acompañara.

Minutos más tarde todavía no había pasado ningún taxi por allí, sin embargo, Josh seguía parado al lado de Bella.

—Si quieres también te puedes ir, nada malo me va a ocurrir

—¿Por qué no me comentaste el problema de tu apartamento? —preguntó ignorando la pregunta anterior.

—¿A qué te refieres con que por qué no te dije?

—Me refiero a que estuvimos juntos un periodo corto, pero juntos al fin, y nunca mencionaste lo de tu apartamento. Sólo sabía que íbamos a firmar…

—Bueno, creo que es obvio. No estamos comprometidos y no, no tenemos planes de casamiento, así que mi plan falló por completo.

—En ese caso, estoy en desacuerdo contigo. Siempre hay una solución para todo. Lo único que no tiene solución es la muerte, lamentablemente.

—La única solución que yo veo es que ambos firmáramos el boleto de compraventa y yo pusiera el total del adelanto, que es ni más ni menos un 30 %.

—¿Y entonces por qué no me avisaste?

—Porque entonces tú tendrías que poner un 15 % y luego tendrías que vivir conmigo para empezar… Y para terminar, todavía no nos conocíamos lo suficiente.

—No veo dónde está el problema. —Sonrió tímidamente.

—Bueno, hasta hace dos horas, no querías verme y me lo habías dejado muy claro la última vez que nos vimos. Además, debes contar con una cantidad que sobrepasa cualquier escrúpulo.

—La última vez que nos vimos, estaba caliente como una tetera con agua hirviendo. Y con razón. Y por lo demás, vivo frugalmente y tengo bastante dinero ahorrado, yo también estaba en búsqueda de un apartamento.

—¿Se puede saber por qué has cambiado de opinión?

—Porque lo que vi te acusaba, pero luego escuché las explicaciones pertinentes de todos, y decidí creerte.

—¿Y cuándo habías pensado en informarme de tu cambio de opinión?

—Justamente en estos días, sin embargo, mi tía siempre está un paso adelante.

Bella sonrío y a lo lejos divisó un taxi, interiormente se enojó de que viniera justo en el momento inoportuno. Bella levantó la mano para que el taxi parara, sin embargo, Josh lo impidió y a su vez la tomó por el brazo y por la espalda para besarla. El taxi sin embargo, había visto la señal de Bella y se detuvo frente a la pareja. Josh la soltó por un momento para abrir la puerta del taxi y que ambos entraran. Sin pensarlo dos veces, Josh indicó su dirección. Luego, ya más cómodos, le pasó el brazo por el hombro y viajaron en silencio.

Capítulo 16 - Arpías si las hay…

Bella se vistió nuevamente como para ir a una cena de gala, ya que esa noche tendría lugar la cena de la segunda despedida de soltera de su prima Ana Belén. ¿A quién se le había ocurrido esa idea? A la madre de Francis, Agatha, quien no había estado muy de acuerdo con que su futura nuera se fuera a una isla con sus mejores amigas, mientras su hijo se quedaba en otra isla, pero trabajando.

Ana Belén estaba que trinaba, porque también estaba entre las invitadas la exnovia de Francis. Agatha había convencido a Ana Belén de que se vería muy mal que unas muchachas estuvieran invitadas y otras no. Si concurrían o no, eso era otro tema. Lo principal era ser amable con todos los invitados. Visto y considerando el fiestón ocurrido en Madeira, Ana Belén no tuvo otra opción que aceptar, a regañadientes. Sin embargo, tuvo el tino de invitar a algunas amigas de su fiesta de Madeira para que estuvieran apoyándola psicológicamente en la fiesta. No quería estar con mujeres a las que solo había visto, como mucho, una sola vez en su vida.

—¿Cómo me dices que se llama la ex de Francis?

—Janice…

—Bueno, no te preocupes. Seguramente en cuanto se entere de la fiesta de la semana que viene y de la ceremonia en Milán, preferirá no ir… —aseguró una de sus amigas.

—En realidad, ya lo sabe, porque viene a Milán, no viene a la ceremonia de aquí, que es solo para los íntimos —aclaró Ana Belén.

—Mejor tomemos ya un taxi, que no queremos llegar tarde —ordenó Bella.

—¿Quién reservó el restaurante? —preguntó otra de las amigas

—Agatha, la madre de Francis —contestó otra.

—Espero que no sea muy copetudo todo…

—Esperas bien… —aseguró Bella, quien había escuchado todo.

El restaurante era exactamente como Bella había predicho. Normalmente las reservas deberían hacerse dos meses antes porque no había lugar para citas espontáneas.

El cocinero era un chef francés premiado y el restaurante figuraba en la lista de Gault-Millau.

La música de fondo que sonaba en el restaurante era clásica: violines, violas y violonchelos. La mesa estaba dispuesta elegantemente y Bella observó la cantidad de los cubiertos y dedujo que el menú constaría de cuatro pasos.

—Tengo miedo de respirar y de estar fuera de lugar —dijo por lo bajo una de las chicas, en broma.

—Relájense, chicas, es solo una cena —dijo Ana Belén.

Sin embargo, Bella les regaló una mirada de reprimenda. "No podría haber invitado amigas más indiscretas, por calificarlas de algo no tan negativo", pensó.

Un momento más tarde llegaron las amigas de Francis, entre ellas Janice. El ambiente estaba un poco enrarecido porque nadie se conocía con nadie. Así que comenzaron a hablar de trabajo, de moda, de cantantes, etc. Y así sirvieron y retiraron la entrada. Hasta que llegó el plato principal y con él las preguntas calientes.

—Dime, Bella —le preguntó Janice con curiosidad—, ¿es verdad que eres ingeniera en informática?

—Sí, así es.

—¡Qué interesante! Me encantan las mujeres que son independientes, inteligentes y que eligen carreras donde el género masculino es mayoría. ¿Es difícil marcar brecha?

—Es difícil como en cualquier otra carrera. Tal vez en esta, como se puede trabajar remotamente, es más fácil para las mujeres.

—Y tú, ¿a qué te dedicas?

—Soy abogada y me especializo en derecho artístico y musical.

—Es la primera vez que me encuentro con un abogado así. Mi hermano es abogado también, pero la mayoría que conozco trabajan en bancos en el área de *compliance*.

—Bueno, digamos que en el bufete de mi padre necesitaban a un abogado que se especializara en esa rama, así que me ofrecí voluntariamente —dijo entre risas.

Ana Belén miraba con desazón cómo su prima y su enemiga charlaban animadamente. Sintió unos celos terribles. Así que ni corta ni perezosa interrumpió la conversación:

—Necesito que me acompañes, Bella.

Ambas primas se dirigieron hacia el tocador y una vez allí Ana Belén le habló en español por si acaso hubiera moros en la costa.

—¡Se supone que la tienes que vigilar, no que te hagas amiga!

—¡Pero si la estoy vigilando bien, mujer!

—¡Están conversando animadamente mientras el resto de nosotras estamos calladas!

—¿A quién te refiere cuando dices "nosotras"?

—¡A sus amigas y a mis amigas!

—Me parece que estás diciendo tonterías, querida Ana…

—Bueno, será mejor que volvamos. Y no seas simpática con ella… más bien, todo lo contrario.

—No seas tan perseguida, solo falta una hora máximo y ya nos vamos.

Cuando las muchachas volvieron, no pudieron creer el desastre que se había armado en la mesa. Las amigas Ana Belén estaban mostrando a Janice y a sus amigas el video de Madeira con los *strippers*. No hizo falta agregar palabra, pues todo lo que se dijera a partir de ese momento sería usado en contra de Ana Belén. Janice miraba a ambas primas con aire de superioridad y, una vez terminado el plato principal, halló una excusa insulsa para irse:

—Mañana trabajo y debo levantarme muy temprano…

Sus amigas la imitaron con aires de superioridad y súbitamente cinco muchachas se quedaron solas en la mesa. El camarero preguntó si la cena continuaba. Ana Belén hizo un ademán y Bella tradujo:

—Por favor, tráiganos la cuenta.

—La cena ya está pagada —comunicó el camarero contrariado.

—¿Y quién la pagó, si es posible saber? —preguntó con curiosidad Ana Belén.

—Por supuesto que la señorita lo puede saber: la ha pagado la señorita Janice.

Para Ana Belén esto era una declaración de guerra, así que se levantó su silla y sin decir una palabra salió la calle. Sus amigas imitaron exactamente a su anfitriona.

—¿Me pueden explicar qué carajos pasó adentro? ¡Solo estuvimos unos minutos en el toilette!

—Lo lamentamos —dijo una de sus amigas—. Como el silencio era lo único que reinaba, no tuvimos mejor idea que mostrarles algunos videos que hicimos en la isla… lo de los *strippers* se nos escapó… no tendrían que haberlo visto…

—Han hecho de esta noche un desastre de consecuencias inimaginables. Demás está decirles que no quiero verlas nunca más ni me quiero cruzar con ustedes en el casamiento de mi prima, porque, si Ana Belén no se casa, las voy a buscar así tenga que remover cielo y tierra. Son unas estúpidas.

Y sin mediar palabra, tomó fuertemente el brazo de su prima, paró el primer taxi y, una vez adentro, Bella indicó su dirección.

—¡Por favor, Bella, ayúdame! —rogó llena de vergüenza Ana Belén con sus manos en la cara.

Bella no dijo mucho, solamente envió un mensaje de texto a su hermano y a su primo: "Por favor, dejen lo que están haciendo y vengan inmediatamente a mi casa".

"¿Qué pasó?", escribió Eugenio inmediatamente.

"Estamos en peligro de que la boda no se realice o, lo que sería peor, que se posponga y que debamos repetir todo una vez más. Por favor, sean discretos. Que nadie se entere, y menos el novio".

Mientras tanto, Janice ya estaba dentro de su coche y su chofer conducía.

—Madre, si pensábamos que la todavía novia de Francis era una bobalicona, nos quedamos cortas. Es más simple que nuestra mucama. Espera que te cuente lo que me acabo de enterar. Y es de buena fuente porque me lo mostraron sus amigas tan simplonas como esa. Espérame despierta y saquemos el whisky japonés para ocasiones especiales, porque no habrá boda… Eso te lo aseguro —contó con tono triunfante—. Debemos agradecer, sobre todo, a Agatha este regalo inesperado.

Capítulo 17 - Y la verdad te hará libre

–¡No me lo puedo creer! –espetó Federico al escuchar la historia del restaurante y de lo que había ocurrido en la despedida de soltera.

Ana Belén se tomó la cara con ambas manos y dijo:

–¡Y lo peor es que seguramente esa vieja –dijo refiriéndose a Janice– inventará cualquier cosa! ¡Ya que nada sucedió con ningún *stripper*!

–Eso no tiene nada que ver… –Ahora le tocó la palabra a Eugenio–. Creaste todo un drama con la despedida de soltero de Francis y resulta que terminaste haciendo lo mismo. Por favor, Bella, consíguele una cita con tu psicóloga porque sinceramente no te conozco…

–Bella, tú estabas ahí para poner orden… y que algo así nunca ocurriera –continuó Federico.

–¿Perdón? ¿Soy yo acaso niñera de Ana? Además, no ha sucedido nada más que un baile sensual y que sus amigas gastaran su quincena en llenar las tangas de esos tipos con billetes… –explicó Bella lanzando una carcajada nerviosa al escuchar lo ridículo de la situación.

–Primero Bella con Mark y con Josh, y ahora tú con los *strippers*… Chicas, ¡las desconozco! –gritó Eugenio.

–Bueno, para ahí la bola, porque nunca estuve liada con Mark y, para tu información, he vuelto con Josh.

–Bueno, al menos una de nosotras tiene su final feliz… –sentenció Ana Belén para inmediatamente romper a llorar.

—No seas tonta, estamos en el siglo XXI —dijo Bella más como un deseo.

—Tratemos de solucionar el problema. Ve a su casa, ahora mismo —dijo Federico.

—¡Pero ya es pasada la medianoche! —contestó Ana.

—Tiene razón Fede. Mejor que se entere por ti hoy mismo, y que piense cómo se lo va a tomar…

Ana Belén obedeció y diez minutos después se embarcó en un taxi con destino hacia lo de su prometido.

—Roguemos que se lo tome con calma —dijo Eugenio.

Quince minutos más tarde, Ana Belén tocaba el timbre de Francis. Para su sorpresa, ya estaban sus futuros suegros también.

—¿Qué hacen aquí? —le preguntó a Francis apenas ingresó al comedor.

—Estamos aquí por lo mismo que tú… —tomó la palabra Agatha.

—No hay nada que tenga que hablar con ustedes, solo hablaré con Francis.

—En eso te equivocas, querida. En nuestra familia todo se discute… Hay mucho para perder…

—¿De qué está hablando? —Ana le preguntó nuevamente a Francis.

—Creo que tengo que hablar con mi prometida a solas… —dijo mirando a sus padres y llevándola a su habitación.

—Dime que no es verdad lo de los *strippers*…

—Es verdad. Pero nada ha sucedido… —dijo Ana Belén por enésima vez.

—Ana, ¿quién eres realmente? Eras toda corrección, moral…

—Fui una estúpida. Quise hacer algo divertido una vez en mi vida.

—No esperaba que quisieras divertirte por última vez, porque a mí, desde que estoy contigo, no se me pasa otra mujer por la cabeza…

—Lo siento, pero ¿qué hacen tus padres aquí?

—Aunque estamos en el siglo XXI, mis padres son anticuados y no soportan el escándalo. El video podría estar en las redes sociales… Lamentablemente, si un hombre hiciera eso, nadie se asustaría, pero como es una mujer… y justo antes de la boda…

—Me estás diciendo que ellos solo se preocupan por…

—Lo que te está tratando de decir es que no nos gusta que nuestro hijo sea un cornudo antes de su boda, y esté en boca de extraños y propios. Por si no te has dado cuenta, él es un empresario y su reputación lo precede, y ahora vienes tú, una tonta como pocas he encontrado en mi vida, y arruina años de bajo perfil, buenos negocios y alta moral —interrumpió Agatha.

—Mamá, por favor, creo que ya estamos resolviendo esto solos. Por favor, déjanos.

Ana Belén bajó la cabeza, pues no sabía qué decir. Se sentía la mujer más estúpida e ignorante de la Tierra, y su madre tenía razón por duro que fuera lo que decía: se había comportado como un adolescente y no como un adulto…

—Creo que tu madre tiene razón… —comenzó a murmurar levantando poco a poco su barbilla—. No estoy a la altura de las circunstancias… —Y dicho esto, se quitó el anillo y lo dejó sobre la mesa del tocador.

—¡Ana Belén, Ana Belén! —gritó desconsolado Francis.

—Déjala, hijo, buenas mujeres y decentes sobran allá afuera… —Habló por primera vez su padre, Charles, tomándolo por el brazo para evitar que corriera tras ella.

—¡Ustedes no entienden! —exclamó Francis exaltado.

—Por supuesto que entendemos… Te enteras de que tu novia se llevó nuestro jet para parrandear a tus expensas. Si esa no es una interesada, entonces no sé cómo llamarla —contestó su madre poniéndose su sobretodo para volver a su casa.

A la mañana siguiente, Bella se desperezó en su cama, tomó su celular para apagar la alarma y luego leyó seis mensajes de su prima, que le anunciaba que iría a verla.

Ni bien puso la tetera a calentar y el pan en la tostadora, el timbre sonó y la puerta también. Era su prima.

—Buenas, buenas —dijo abriendo la puerta sin mirar, esperando que su prima entrara por sí misma.

Pero, al no ver señales de su prima, dejó lo que estaba haciendo en la cocina y volvió a la puerta. Allí su prima estaba tironeando seis valijas.

—¿Se puede saber qué es esto? ¿Por qué las valijas? y… ¿por qué mi casa? —preguntó como una autómata.

Ana Belén no contestó porque estaba al borde del llanto. En este momento fue cuando Bella la paró por los hombros y le preguntó:

—¿Qué sucedió anoche?

Ana Belén no pudo guardar más silencio y no pudo ya aguantar el llanto:

—¡Ay, Bella! ¡No solo me he quedado sin Francis; mamá, cuando se enteró del cuento, me echó de la casa!

—¡Qué dices!

—Sí, mamá dice que me ha consentido demasiado y que estoy convertida en una cabeza hueca y que ahora tengo que enfrentar las consecuencias de lo que hice, que avergoncé a la familia, que me busque trabajo y que vuelva a estudiar algo.

—¿Y Eugenio? ¿Cómo permitió que te echara?

—¿Eugenio? Él está totalmente acuerdo…

Bella no podía creer lo que estaba pasando.

—¿Y ahora qué voy hacer? ¿Adónde voy a ir?

—Lo primero que vas hacer es tratar de resolver el problema con Francis.

Ana Belén rio con sorna.

—¿Hablaste con él? ¿Qué pasó? Porque algo hay algo que me estás ocultando, hay algo que no cierra en esta historia.

—Hablé con él y con sus padres… Lamentablemente, creo que le di la mejor excusa para convencer a su hijo de que yo no soy su mejor opción.

—Tal vez, tendrías que esperar unos días para volver hablar con él a solas.

—No sé. Ahora tengo que pensar porque tengo un problema más grande… No sé qué va ser de mí.

—Tampoco seas tan trágica. Por ahora te puedes quedar aquí, hasta que vuelvas con Francis, o encuentres un trabajo, o Carmen te deje volver…

—Sí, necesito pensar, porque Francis no cree en mí. ¿Cómo podría casarme con alguien que no cree en mí?

—Y ahora, ¿qué vamos a hacer? Porque la semana que viene es el casamiento. ¿Tenemos que cancelar todo?

—La verdad, no lo sé…

—¿Estás hablando en serio?

—Sí. Pasó esto, y tengo a mi prometido que duda de mí y a mis suegros metidos en mi casa. Esto no es algo que quiero para un futuro…

—Tal vez podrías posponer la boda para dentro unos meses. No es tan trágico si lo pensamos esa manera. Así tendrías tiempo de decidir lo que quieres decirle y él también a ti.

–Tengo miedo…

–¿De qué tienes miedo?

–De que no se quiera casar conmigo en estas circunstancias…

–Bueno, tampoco exageremos. Si van a cancelar todas las bodas luego de que el novio se fue a un cabaret a despedir su soltería, entonces tendríamos que cancelar el 80 % de las bodas.

–¡Exactamente! ¡Y lo peor es que yo no hice nada más que bailar!

–Entonces no exageres más y piensa que tienes tres diferentes alternativas. Todas esas son positivas. Piensa que con esta experiencia has madurado un poco más… Y, sobre todo, que en el futuro tendrás más tino para elegir amigas.

–Ahora te tengo que dejar porque voy a salir con Josh. Espero que a mi vuelta tengas noticias de Francis.

+++++++

Bella estaba muy feliz de volver a ver a Josh, sin embargo, también quería preguntarle si esa mañana Francis había comentado algo con él.

–Estas preciosa, mi Bella –comentó apenas la vio.

–Gracias, estoy muy feliz de verte hoy.

Después de ordenar en la caja comida tailandesa, se sentaron a la mesa mientras esperaban el pedido.

–Cuéntame qué has hecho, nena. Me imagino que estarás ayudando a tu prima con los últimos preparativos, ¿verdad?

–¿Entonces no sabes nada o me estás probando?

–No sé lo que tengo que saber, pero mejor me lo dices tú.

–Mejor hacemos una cosa, le preguntas a Francis si está todo bien y luego me llamas y me cuentas…

—No te entiendo bien…

—No quiero predisponerte a una opinión, así que, si haces lo que te estoy pidiendo, te lo agradeceré infinitamente.

—Quería preguntar también otra cosa, ¿qué vamos hacer con el apartamento?

—Lamentablemente, te dije que, al no haber cumplido con las formas y los términos, seguramente lo habrán vendido a otro comprador.

—Realmente desconozco esta fase de rendirte tan rápido frente a un apartamento.

—Es más la vergüenza que siento al no poder cumplir con mi palabra que otra cosa.

—Bueno, circunstancias personales tenemos todos, imprevistos también. Déjame hablar con la agente inmobiliaria.

—Como quieras, pero no le pongas mucho empeño si te dicen que no.

—Muchas gracias, princesa. Así lo haré.

Dos horas más tarde, cuando Bella volvió su apartamento encontró a su prima con los ojos rojos y una montaña de tisúes usados sobre la mesa de su cocina. No hizo falta preguntar nada, porque Ana Belén no llevaba ya su anillo de compromiso.

—¿Qué voy hacer ahora, Bella?

—Permitirte pasar por el duelo como cualquier persona normal y, mientras tanto, aprovechar esta oportunidad para saber qué quieres hacer tú, Ana Belén, con tu vida.

—Tengo que encontrar trabajo, pero nunca trabaje. ¿Qué voy a hacer de mí?

—Por suerte para ti, estoy sin secretaria y necesito una, así que no puedo pagarte mucho porque te necesito media jornada, pero te alcanzará. Necesitas buscarte un apartamento para vivir y aprender a estar sola.

—Pensé que era bienvenida aquí…

—Por supuesto que eres bienvenida siempre, pero te estoy haciendo un favor.

—Habla con Eugenio, pídele que te rente su apartamento. No se lo pidas gratuitamente, demuéstrate y demuéstrales que has madurado.

—Viéndolo de esa manera, creo que tienes razón. Ayúdame a convencerlo también.

—No creo que te diga que no, puedes decirle también que será solo temporal.

—Muy bien, déjame hablar con él ahora mismo.

Mientras tanto, Bella aprovechó para llamar a su hermano Federico, pues tenían pendientes otras licitaciones y quería estar al tanto de la última que había ganado. Además, quería hablar con él sobre los últimos acontecimientos y así quedaron en verse.

Ana Belén volvió con el rostro un poco más animado.

—¿Y qué te dijo Eugenio?

—Que me lo renta —dijo con tristeza.

—¡Bueno, cambia esa cara, mujer! ¡Qué encontraste apartamento! Las cosas se están resolviendo positivamente.

—¿Te olvidaste de que acabo de romper con Francis, el amor de mi vida?

—Para nada, si me lo preguntas, creo que será temporal, pero eso depende de los dos. Mientras tanto… ¡vive tu vida!

—Tienes razón, tienes razón.

Por la noche Bella recibió un mensaje de Josh: "Nos vemos mañana a las 5 de la tarde, es muy urgente".

Bella le contestó: "Perfecto. Te espero en el café francés de la esquina de tu oficina".

Obviamente, Bella revisó su agenda y corrió todas sus citas para llegar a tiempo a ver a Josh. Esperaba que tuviera noticias positivas de Francis.

CAPÍTULO 18 - TE QUIERO PERO…NO

Al otro día, Bella fue visitar a su hermano Federico a su trabajo por la mañana. Golpeó la puerta vidriada de su oficina antes de entrar.

—¿Es la primera vez que vienes aquí o me parece?

—No te equivocas, antes no tenía tiempo ni para ocuparme de mí. Perdona que insista con la licitación, sé que debe empezar el trabajo dentro de seis meses, pero aun así quiero planear todo. Podríamos acordar una cita para las próximas semanas, visto y considerando que la boda no se realiza.

—¿Estás segura de eso? Mira que con Ana Belén nunca se sabe…

—Tienes razón. Hablaré con ella esta noche y le pediré que me diga si tiene novedades o no.

—Mientras tanto, podrías buscar una secretaria.

—Ya la encontré.

—Muy bien, muy bien, veo que no pierdes el tiempo.

—Se trata de Ana Belén.

—¿Estás segura? Es nuestra prima, pero no tiene idea de nada.

—En eso te equivocas, tiene sentido para la organización, y eso es lo que yo necesito. Además, asistió a la misma escuela secundaria que nosotros, una escuela de elite. Dale un poco de crédito entonces.

—No te estoy diciendo que nuestra prima sea una tonta, más bien deja en claro las obligaciones que tendrá aunque sea familia nuestra. Nunca trabajó y podría malinterpretar la familiaridad con la responsabilidad.

—Está muy bien, seguiré tu consejo. Ahora pasemos a revisar las licitaciones pendientes, por favor.

+++

—Aquí, Francis, te agrego los papeles de la enmienda para el contrato –dijo Josh.

—Gracias, no me había dado cuenta de que faltaban y los dejé sin querer en el segundo escritorio.

El silencio reinaba en la oficina de Francis. Josh trataba de decir cosas ocurrentes, sin embargo, el aire se seguía cortando con una cuchara.

—¿Sucede algo o es solo mi imaginación?

—Pues… La verdad es que sí sucede, y creo que tienes el derecho a saberlo en caso de que me vuelva distraer.

Francis hizo un silencio mientras acomodaba algunas cosas para liberar su escritorio y poder apoyar sus codos en la mesa. Lo miró a los ojos y dijo:

—Ana Belén y yo hemos terminado. Pero supongo que ya te habrás enterado a estas alturas.

—La verdad es que supones mal, no tenía idea de nada. Sin embargo, hoy vi a Bella y percibí algo raro… No quiero ser entrometido, pero ¿ha sucedido algo tan malo como para terminar? Faltaba una semana para tu casamiento.

Josh escuchó atentamente toda la explicación de Francis sin interrumpirlo. Este simplemente finalizó con una pregunta:

—¿Qué harías tú en mi lugar?

—Es difícil la pregunta, porque yo estoy completamente enamorado de Bella. Me sentí un miserable mientras estuve lejos de ella. Y cometí el error de no creerle, hasta que vino Mark a decirme que nada había pasado entre ellos. A él sí le creí, pero a Bella no… A veces somos más machistas de lo que pensamos. Y ese error no lo voy a volver a cometer jamás. Bella es demasiado importante para mí como para perderla. Tal vez deberías pensar, hermano, qué significa Ana Belén para ti, si estás dispuesto a perderla y a continuar con tu vida, eso significaría verla con otro hombre todo el tiempo o, en el mejor de los casos, no volver a verla en tu vida.

Francis escuchaba atentamente todo lo que decía Josh. Y tenía razón. La verdad, se había enamorado como un adolescente de Ana Belén… Y no estaba tan seguro de poder continuar con su vida, como lo hizo cuando terminó con Janice.

—Pero tómate tu tiempo y, si tienen que posponer la boda, pues más vale posponerla que luego arrepentirse —concluyó Josh.

—Creo que no me he tomado el tiempo suficiente para pensar y directamente he cancelado la boda…

—¿No me habías dicho que Ana Belén era lo mejor que te había ocurrido en tu vida?

—Verás… No soporto los escándalos. Para mí la ropa sucia se lava en casa, y en estos días mi familia está en boca de todos, eso es algo que no puedo soportar. Saca lo peor de mí. Y aun así no estoy seguro de poder vivir sin ella.

—Bueno, estás en todo tu derecho de dudar. Pídele tiempo. Si te quiere tanto como pienso que te quiere, te lo dará.

Sentada en la esquina del café del trabajo de Josh, Bella esperaba a su novio.

—¡Dime cuál es la urgencia! ¿Se trata de Ana Belén? —le preguntó desesperada apenas lo vio.

—Ese tema está en veremos y creo que ambos lo resolverán de alguna o de otra manera.

—¡Pero qué te dijo!

—Me dijo que terminó su compromiso con tu prima por la escandalosa situación…

—No puedo creer que solo un video puede terminar una relación.

—Entiendo lo que significa para él su familia, porque…

—Porque tú eres inglés y, además, naciste en cuna de oro; en cambio, mi familia y yo no somos ingleses y somos también ricos… pero nuevos.

—No pongas palabras en mi boca que yo no dije…

—Pero que querías decir y te estoy haciendo el favor de decirlas para que no nos peleemos si las dices tú.

—En mi opinión, que cada uno se haga cargo de lo que le toque. Yo quiero estar contigo y no quiero pelearme, y menos por asuntos ajenos.

—Bueno, no es tan ajeno, se trata de mi prima, que es como mi hermana.

—Lo sé, sin embargo, por tu bien y por el mío, será mejor que no oficiemos de voceros. Francis es todavía mi jefe.

—Tienes razón. Entonces dime cuál es la razón tan urgente para verme que no podía esperar —preguntó Bella con tono romántico.

—Termina tu café y ya lo sabrás —contestó con tono misterioso.

Se montaron en un taxi y, a pesar de los ruegos de Bella, Josh mantuvo el misterio hasta que llegaron a la oficina de la agente inmobiliaria.

—Señorita Martínez, ¡qué placer volver a verla! ¡Me alegro de que se encuentre nuevamente bien de salud!

—Muchas gracias, el gusto es mío.

—Bien, pasemos a lo nuestro, por favor —dijo mientras todos tomaban asiento—. Tengo una buena y una mala noticia con respecto al apartamento. Empezaré por la mala para que la buena tenga sentido.

Ambos hicieron silencio para que la agente inmobiliaria hablara lo más rápido posible.

—El panorama ha cambiado desde que hablé con Josh. Esta mañana la dueña finalmente vendió el apartamento a otra pareja interesada, que pagó inmediatamente, sin necesidad de seña. Toda la operación se hizo tan rápido que no me dio tiempo a avisarles, y como sabía que venían hoy, preferí decirles esta mala noticia personalmente.

—¿Y cuál es la buena noticia entonces? —preguntó un poco contrariado Josh.

—Bueno, resulta que tengo a un vecino que también quiere vender el apartamento. Es un poco más grande, es decir, unos 50 m² más. Además, el señor compró un sótano que hace las veces de cava y el otro que hace de baulera, y tiene no una, sino dos cocheras, las cuales se tienen que vender junto con el departamento.

—¡Esa es una excelente noticia! —exclamó Josh.

—Hay una diferencia de precio, como cualquiera podría esperar, y es alrededor de £600 000 más que el precio anterior… Si lo quieren pensar, están en todo su derecho, pero les vuelvo a repetir que los apartamentos aquí se venden como agua. Le pedí el favor al dueño de esperar 48 horas por ustedes porque me siento en la obligación moral de hacerlo. Tengo la llave del apartamento, por si quisieran verlo.

—¿Qué estamos esperando entonces? —preguntó Josh.

Durante el trayecto Bella viajó muy callada. Josh se limitó a esperar y no preguntar, porque no quería hablar delante de extraños.

—Aquí tienen entonces. Tómense todo el tiempo que deseen y, cuando estén listos, bajan para que los lleve hasta el sótano —dijo la agente inmobiliaria sacudiendo la llave.

Cuando subieron por el ascensor y se quedaron solos, Josh la tomó en sus brazos para besar a su novia apasionadamente. Bella sonreía, sorprendida por la efusividad.

—¡Qué cariñoso que estás!

—Es que hubiera querido hacer esto contigo el día que subimos al primer apartamento —dijo sin soltarla.

Abrieron la puerta y efectivamente el apartamento no solamente era más grande en el living y la cocina, tenía un balcón de igual dimensión al anterior, sino que en la suite el baño era mucho más grande y, además, había un balcón cerrado y otro balcón abierto.

—No quiero ser negativa, pero no puedo pagar este apartamento… Simplemente está fuera de mi alcance.

—No si lo pagamos juntos.

—Yo pensé que tú ibas a firmar y luego me ibas a vender mi parte, o yo te iba devolver la plata luego. Ahora entiendo mejor lo que me quisiste decir el otro día… o al menos pienso que entendí… ¿Siempre tuviste en mente venir a vivir conmigo y comprar este apartamento juntos?

—La verdad es que sí, pero primero tenía que conquistarte.

—Pero recién nos estamos conociendo… No quiero que te ilusiones o desilusiones de mí.

—La verdad es que no me quisiera ir a vivir contigo antes de estar casado…

Los ojos de Bella estaban más grandes de lo normal. A continuación Josh sacó una caja de su bolsillo y puesto de rodillas le preguntó mostrándole el contenido de la caja:

—Bella Martínez, ¿quisieras casarte conmigo?

—Por favor, por favor, ponte de pie —rogó.

Josh tardó unos momentos en darse cuenta de que lo estaba rechazando, pero no tuvo otro remedio que aceptar las razones de su novia.

Capítulo 19 - ¡Sí, sí, y mil veces sí!

—¡No puedo creer Bella, que hayas rechazado a un chico como Josh! ¡No todos los días se reciben proposiciones de casamiento de hombres decentes! ¿Y por qué rechazaste el segundo apartamento también? —repitió por undécima vez.

—Carmen, creo que estás un poco sensible con lo de Ana Belén, que por cierto estaría muy bueno que volviera a cenar los miércoles con nosotros... —dijo muy inteligente Bella para cambiar el curso de la conversación.

—Alberto, ¿tú que piensas? —le preguntó Federico.

—Lo que pienso es en que en ningún momento nos dimos cuenta de que esta chica era una cabeza hueca...

—Bueno, papá, tampoco la exageración... —interrumpió Eugenio—. ¿Hubieras hecho lo mismo si era yo quien se iba con *strippers*?

—¿Tan poco conoces a tu padre? —le preguntó consternado Alberto—. Te hubiera dado una buena reprimenda. Si estás realmente enamorado, no quieres estar con nadie más que con tu novia. A menos que tengas algún problema de autoestima y necesites continuamente reafirmar tu masculinidad... en camas ajenas.

—Bueno, bueno —interrumpió Federico sintiéndose tocado por el comentario.

—¿Ha encontrado trabajo esa chica? —preguntó Carmen.

—¿A esa chica te refieres a tu hija? —preguntó Bella.

—No puedes tenerla en tu casa por siempre… Así no aprenderá la lección nunca…

—Se mudará a mi casa apenas me vuelva a Milán, no te preocupes… —dijo Eugenio.

—No la están ayudando si le dan cobijo —dijo Alberto.

—Ya encontró trabajo… no te preocupes…

—¿Dónde? —preguntaron a dúo los progenitores.

—Sería bueno que te lo contara ella misma —dijo misterioso Federico.

Ambos padres se miraron. Sabían que se debían otra conversación con su hija.

—¿Y qué va a pasar con el segundo apartamento que estaba en la Notting Hill? —preguntó Eugenio para bajar el tono de la conversación.

—Pues lamentablemente no lo voy a comprar, está fuera de mi alcance. Aunque soñare con él todas las noches… es simplemente hermosísimo.

—Nosotros podríamos ayudarte si quieres… —ofreció Carmen.

—Lo sé, lo sé. Pero no puedo arriesgarme a convivir con una hipoteca que se tornaría impagable si vuelvo a recaer…

—¿Cómo vas con la terapeuta? —preguntó Alberto.

—Pues la llamé para avisarle que estoy aquí y no en Milán y que, si tiene lugar, que me avise… Quiero terminar con las sesiones lo más rápido posible. Debo empezar a trabajar a penas me den el alta.

—Bueno, trata de tomártelo con tranquilidad —dijo Carmen.

+++++++++

—Buenos días, Bella —saludó su terapeuta.

—Buenos días.

—¿Alguna novedad?

—Sí, he modificado la tabla que le di, aquí la tiene…

La doctora Seymour se tomó algunos minutos para leerla, y luego levantó la vista y preguntó:

—¿Qué has modificado de esto? —dijo refiriéndose a las ventanas y al vecino ruidoso.

—Pues que no me mudo por el momento, así que he tenido que hablar con mi vecino para pedirle que, por favor, ponga una protección en las patas de sus muebles para que cuando los corra yo no escuche…

—¿Cómo se lo tomó?

—Le dije que estuve internada por problemas de sueño…

—¿O sea que jugaste el papel de víctima?

—Y… un poco sí… aunque en realidad sí lo soy, no puedo trabajar…

—¿Y qué hiciste con las ventanas?

—Pues hablé con el dueño y le comenté que el tren no me dejaba dormir, así que le pedí que cambiara las ventanas por un vidrio triple y que podría aumentarme el alquiler en £30 mensuales. Así que finalmente las cambió.

—Bueno, muy bien. Entonces tu sueño está mejorando…

—Sí, así es. Además, a veces no duermo en mi casa… —agregó aludiendo a la casa de Josh sin decirlo en voz alta.

—Hay algo que te preocupa…

—Sí, a veces es eso lo que no me deja dormir ahora que no escucho tantos ruidos.

—¿Y qué será?

—Pienso en mis padres…

—Ahora vamos a hacer un ejercicio… —dijo la terapeuta mientras acercaba una silla vacía hacia Bella.

—Imagínate que tienes al conductor del coche que explotó frente a sus padres.

Bella la miró con cara de susto. Conocía la verdad entonces. La psicóloga ignoró su cara y continuó:

—Ahora permítete expresar todo lo que no pudiste decir cuando eras pequeña. Todo está permitido. Si quieres hablar, gritar, etc., permítete hacerlo, porque lo más importante es verbalizar lo que sientes. Este es el lugar más seguro para hacerlo. Olvídate de que yo estoy aquí.

Bella trató de concentrarse y a los pocos minutos las lágrimas empezaron a correr por sus mejillas.

—No puedo.

La terapeuta se levantó de su silla y la dejó sola en la habitación. Desde lejos se escuchaba la voz de Bella, luego el tono bajó hasta que ya no se escuchó nada. La terapeuta estaba tomando un té cuando la cara de Bella se asomó y le dijo:

—He terminado.

—Si quieres, antes de irte puedes pasar por el tocador a lavarte la cara o retocarte el maquillaje. Mi secretaria te facilitará todo lo que necesites. Te veré la semana que viene.

Bella hizo como le habían indicado y, cuando dejó la consulta, sintió como si un peso hubiera caído de sus espaldas. Se sentía libre como nunca antes. Tomó su teléfono y presionó el botón de llamada rápida para el teléfono de Josh.

—¿Hola?

—¡Hola, mi amor! ¡Quiero cenar contigo esta noche!

—Yo también… Déjame ir a comprar los ingredientes al supermercado…

—¡De ninguna manera. Esta noche cocino y me ocupo yo!

—¿Cuál es la ocasión?

—¡Qué soy libre!

—¿No te entiendo? ¿Estabas casada? —preguntó en broma.

—Sí, y tengo seis hijos también… me olvidé de informarte.

—Bueno, entonces no sé si amerita celebrar…

—¡No seas tonto! ¡Mi casa! ¡A las 18:00!

—¡Sus deseos son órdenes, Milady!

Ya en su casa y luego de pasar por el mercado de Borough, Bella comenzó a cocinar con muchas ganas. Estaba feliz de no tener que cargar más con esos fantasmas del pasado.

A la hora señalada por Bella, Josh hizo su entrada triunfal en su casa con flores. Tenía las llaves de la casa.

—Muy puntual.

—El olor de la cacerola me atrajo… —dijo Josh tratando de espiar.

—¡No te acerques! ¡Es una sorpresa!

—No te preocupes… ¡no se lo diré a nadie!

—Mejor pon la mesa y abre la botella de vino que está en el refrigerador.

—¡*Yes, sir*!

Una vez que ambos se sentaron a comer, Bella preparó su discurso:

—Hoy, al salir de la terapeuta, estuve pensando que lo mejor sería que nos casáramos.

—¿Y qué te hizo cambiar de opinión? Hace seis meses esgrimiste que no nos conocíamos tanto y que no querías equivocarte con una decisión apresurada.

—Bueno, la verdad es que sucedieron dos cosas: la terapia está ayudándome a liberarme de los fantasmas del pasado para comenzar a vivir el presente sin cargas. Y la segunda es que ayer recibí el pago último pago por la primera licitación más grande de mi vida, así que cuento con más dinero para buscar un apartamento o una casa, la que nosotros quisiéramos. Así que, si no te importa, me encantaría pasar el resto de mi vida contigo. —Culminó su discurso alzando su copa.

—La verdad es que no me importa, así que… —contestó Josh sacando de su bolsillo nuevamente la caja con su anillo de compromiso—: Bella Martínez, por segunda vez, ¿quisieras casarte conmigo?

Bella palmeó de sorpresa y alegría.

—¿Llevas la cajita siempre contigo?

—No, hoy la fui a buscar a casa, pero, jovencita, ¡conteste la pregunta que le he hecho!

—¡Sí, sí, y mil veces sí!

Josh le colocó el anillo y besó tiernamente su mano, para luego hacerle el amor apasionadamente. Jugando entre las sabanas, Bella dijo:

—¡No veo la hora de que les contemos a Bambi y a Ben! ¡Se alegrarán inmensamente!

Al día siguiente, en su oficina Bella tomó un café y se lo acercó a Ana Belén para hablar.

—¡Tengo una noticia caliente para contarte!

—Yo también…

—¡Oh! ¿Y qué será?

—Bueno… — comenzó Ana Belén misteriosa—. ¡Aprobé el tercer curso de vinos y bebidas espirituosas! ¡El curso WSET!

—¡Salud! —gritó Bella levantando la taza de café en broma.

—¡Salud!

—La verdad es que, cuando me contaste tus intenciones de comenzar una carrera en el mundo de los vinos, tengo que admitir que no te tomé tan seriamente…

—Francamente te confieso, luego de que viniera la sommelier a Madeira, me quedó la curiosidad instalada y, luego de asesorarme, me dijeron que lo mejor sería empezar un curso en la escuela WSET, que no demandaba mucho tiempo, y luego asistí a otro más difícil y… aquí estoy.

—¡Te felicito Ana! ¡Por fin encontraste algo que te hace feliz!

—Estoy pensando en comenzar el último curso a distancia… y quisiera ir a trabajar a un lugar donde pueda aprender más del vino…

—¿O sea que me dejas?

—A ti y a todos…

—¿Qué quieres decir?

—Quiero irme a Argentina… a Mendoza…

—¡Qué!

—Bueno, es que allí podría conseguir un trabajo bastante rápido porque domino el inglés…

—¡Nena! ¡Cuando te pregunté si me dejabas suponía que te irías a trabajar a algún lugar cercano de por aquí!

—¡Bueno, bueno, no te aflijas! Estoy planeando todo para irme dentro de un tiempito, primero tengo que aprobar el cuarto curso.

Bella se sentó triste en su sillón a beber su café.

—¿Qué era lo que tenías para contarme? —preguntó Ana para aplacar la súbita tristeza de su prima.

—Que me caso con Josh y que, si no estás presente en mi boda, ¡te acogotaré con mis dos manos!

—¡Ahhhh! —gritó de alegría levantando sus brazos e ir corriendo a abrazar a su prima—. ¿Y para cuándo sería la boda?

—Pues la verdad no hablamos de eso… todavía.

—Bueno, pues será mejor que lo hables…

—Sí, sí, pero, por favor, déjame comentarlo en la cena de los miércoles, no arruines la cara de sorpresa que estoy esperando ver en Carmen.

—¡Palabra de honor! —Simuló jurar levantando la mano derecha.

—Bueno, ahora volvamos a lo nuestro, ¿tienes todo preparado para enviar la nueva licitación?

—Sí, mira, aquí dice que tiene que ir por triplicado…

Al día siguiente era ya el gran día, se encontraría con el doctor Goody.

—¡Buenos días, Bella!

—¡Buenos días, doc!

—Bueno, bueno, tengo buenas noticias. Tus últimos estudios de sueño han señalado que llegas prontamente a la tan ansiada fase de sueño profundo.

—¡Qué buena noticia! ¿Ya podemos terminar el tratamiento?

—De mi parte, la parte que estudio es la biológica, estás curada. Así que la doctora Seymour deberá verte y a ver qué es lo que ella opina.

—¡Excelente!

—No tan rápido, no tan rápido —dijo el doctor.

—¿Qué sucede?

—Esto ha sido una advertencia. Deberás cuidarte y que también dejar que te cuiden. La gente desestima la importancia de un buen descanso y un buen sueño. Luego vienen a verme por depresión y melancolía…

—Entendido, doc, ¡no se preocupe! Además, tengo buenas noticias… ¡Me caso! Y, por supuesto, usted y su esposa están invitados.

—Te tomo la palabra… Ahora vete antes de que me arrepienta de darte el alta —dijo bromeando—. Pero todavía te falta el alta de la doctora Seymour.

Días más tarde en la consulta de la doctora Seymour.

—Me gustaría pedirte un último ejercicio. Me gustaría que les escribas una carta a tus padres.

—¿Una carta?

—Escribe lo que sientas…

—Es que no sé qué tendría que decirles…

—Si hay algo que sientes que no les dijiste, escríbelo. Por ejemplo, si no les dijiste que los querías, o si tienes algún resentimiento guardado…, que su ausencia les arruinó la vida a ti y a tu hermano… Escríbelo en tu casa, tranquila.

—¿Alguna otra cosa más, doc?

—Uno de los medicamentos que siempre recomiendo es la fe. La fe te acompañará donde la razón te abandone. La fe te permite sacar la energía del presente traumático para construir esperanza y un mañana mejor.

—¿La fe? ¿Cómo?

—Es simplemente, Bella, que abraces la fe. Te dará hábitos saludables para recuperar la energía, los proyectos, los hábitos de sueño, no sentirte culpable de ningún trauma.

—Creo que lo que usted dice tiene algo de sentido…

—¿Tienes algo más que quieras contarme?

—Bueno, que me voy a casar en seis meses.

—Te felicito y te deseo todo lo mejor.

—¡Gracias!

Capítulo 20 - Hampton Court

Bambi quiso que el compromiso fuera en la casa de campo, en su castillo de Hampton Court. Solo Bella conocía el secreto mejor guardado de la temporada, así que su familia casi se cae de espaldas al conocer que su futura familia política era la dueña de la mayor mansión medieval de Inglaterra. Carmen y Ana Belén rogaron poder organizar la fiesta de compromiso de Bella, así que junto a Bambi tomaron las riendas de la fiesta de compromiso. Bella, infinitamente agradecida.

—Solo pregunten sobre los colores que me gustan y por el menú. Lo demás lo dejo en sus sabias manos. Eso sí, no discutan por nada… ¡hagan todo rápido que me quiero casar luego! —solicitó Bella junto a su prometido.

Ya de vuelta en la casa, Bella le preguntó por algo obvio.

—¿Vas a invitar a Francis, verdad?

—Sí, no podemos evitar lo inevitable…

—¿Está viendo a alguien?

—Si lo que me preguntas es si vendrá solo, la verdad es que no te sé decir a ciencia cierta…

—Mientras que no concurra con esa Janice, todo bien…

—Bueno, bueno, mejor no empecemos… Quiero que él sea mi padrino en nuestra boda.

—Me parece muy bien, pero que no venga con Janice.

Josh sacudió su cabeza y cambió de tema.

—Hacía tiempo que no veía a Bambi tan feliz…

—Sí, es verdad. Me alegro de que nos hayamos decidido. Hay que disfrutar y compartir eventos como este, mientras que nuestros seres queridos están con nosotros, porque finalmente lo que quedará serán los buenos recuerdos.

—Y hablando de ese tema, mi padre vuelve de su eterno viaje y estará aquí para mi compromiso para conocerte…

—¡Cuánto me alegro! —reaccionó sorprendida.

—Bueno, ahora solo tendríamos que poner fecha, eso será lo primero que nos preguntará la gente. Además tenemos que saber cuándo podremos mudarnos juntos.

—Excelente idea. Estuve viendo una casa y un apartamento que quizá debiéramos visitar…

—Muy bien, dime solo cuándo y dónde y allí estaré, jefe.

—Me dijo Bambi que las invitaciones para el compromiso ya han salido, así que en un mes es la fiesta de compromiso y en seis meses ¡casados! ¡Eres la primera novia que casi no se interesa por el casamiento hasta el último detalle!

—No la verdad es que no… Prefiero poner todas mis energías en nuestra futura casa y en nuestra luna de miel. Bueno, además ahora tengo que hacer una cita para comprar el vestido de novia y tú deberías hacer lo mismo para tu esmoquin. Luego tendremos cita con el proveedor de la comida y con la casa de tortas… Después, todo lo demás, vendrán con ideas ya diagramadas y con tres opciones. Nada de dolores de cabeza.

Y la fiesta de compromiso de Bella y Josh llegó. El castillo de Hampton Court se vistió con toda elegancia. Las flores que las mujeres decidieron para el compromiso fueron el amarillis y los gladiolos amarillos.

Los manteles eran de color blanco y la vajilla de color amarillo y blanco, que hacían juego con la decoración floral.

Francis llegó con Janice, como era de esperarse. Las miradas de la familia de Bella no se hicieron esperar. Sin embargo, Ana Belén no quería aparecer en la fiesta. Estaba demasiado comprometida sentimentalmente todavía con Francis.

–Este muchacho no tiene cara. Esta no es su fiesta, es la de su amigo –dijo escandalizada Carmen a Alberto.

–Trata entonces de no cruzarte con ellos.

–Esto se va a poner más divertido de lo que yo esperaba – dijo Federico a Eugenio en cuanto divisó a la pareja.

–¿Por qué lo dices?

–Espera y ya verás…mi instinto me lo dice.

Bella trató de llevar el coctel de bienvenida en paz. De todos modos nadie en la recepción habló demasiado con Francis y su acompañante.

La cena estaba a punto de servirse en los jardines y aun Ana Belén se encontraba escondida. Hasta que Bella notó su ausencia y salió a buscarla, y la encontró en los jardines.

–¿Qué te sucede?

–Perdona, perdona, querida Bella, pero es que no puedo soportar ver cómo Francis está con esa mujer, y no quiero hacer una escena… yo estoy sola sufriendo mientras que él ya se consoló con esa.

–Piensa una sola cosa.

–¿En qué?

–En que él se pierde de estar contigo…

–Es un consuelo de tontos…

–Si te consuela en algo, yo puedo entrar en la fiesta contigo. Me da vergüenza llegar en el medio de la fiesta solo –interrumpió una voz masculina.

–¡Mark! –gritaron a dúo las primas.

—Perdón por mi retraso… Llego recién de mi sabático por Sudamérica, y no me perdería este compromiso, y menos la boda, por nada del mundo.

—¿Crees que estarás bien con Mark? —preguntó la prometida ya más relajada.

—Sí, sí, creo que estaré bien…

—Te prometo que te contaré de mi viaje durante la comida, así no tendrás que mirar a Francis.

—Gracias, Mark, eres mi salvador hoy.

—Bueno, denme tiempo a volver a mi sitio y luego hagan su entrada triunfal —sugirió Bella.

Las miradas de todos los amigos y familiares se centraron en esos dos que habían llegado tarde y que fueron directamente a saludar a los novios. Ana Belén sonreía, sabiendo que Francis estaba mirándola. Mark cumplió con su pedido expreso de que no le soltara la mano o que no dejara de poner su mano en su cintura. Y una vez cumplido el protocolo, se sentaron en una mesa y no cesaron de hablar mirándose a los ojos, como si el resto del mundo no existiera.

Luego llegó el momento del baile y los novios decidieron inaugurar la pista. Ben, Bambi, Carmen y Alberto acompañaron a los novios, hasta que todos los invitados se animaron a bailar.

—¿Podrías acompañarme al tocador? —preguntó Bella a su prima.

—Seguro, ¿qué te pasa?

—Se me aflojó el vestido, creo…

Una vez en el tocador, Ana Belén escrutó el cierre de vestido de su prima, para luego confirmar:

—No veo dónde está el problema de tu vestido.

—No hay ningún problema con mi vestido… —Rio.

—¿Entonces?

—Que Francis te come con los ojos y no pude resistir la tentación de pasar a su lado.

—¿A su lado? La verdad es que no lo vi…

—Mejor, mejor, te hubieras puesto nerviosa.

—Eres tremenda, mejor volvamos a la fiesta…

—Sí, mejor pídele a Mark que te saque a bailar.

—Como usted ordene.

Ya en la pista Ana Belén le dijo:

—No puedo creer que has estado en un viaje ayudando como voluntario a una organización en Argentina…

—Sí, estuve con los indios wichis. Fue un antes y un después en mi vida…

—Me suena a que el pastor José ayuda a una organización similar…

—Es verdad… fui porque fue él quien me la recomendó.

—¿Y a qué se debió ese cambio tan drástico?

—A Josh y a Bella…

—Wow, creo que somos dos los que hemos pasado por cambios drásticos… Yo también me voy muy pronto a vivir a Argentina…

—¿De verd…?

—Perdona Mark —interrumpió una voz detrás de Ana Belén—, ¿podría la señorita concederme esta pieza?

Ana Belén no sabía qué hacer. Se trataba de Francis.

—Sí, no veo por qué no.

Francis la tomó entre sus brazos y durante la mitad de la canción no dijo nada. Solo se dedicaba a mirarla.

—Qué buen tiempo que les tocó a los muchachos —comentó Ana para matar el silencio.

—Sí, es verdad —murmuró finalmente Francis sin quitarle los ojos de encima.

Mark volvió a rescatar a Ana Belén de Francis. Esta le había contado la historia en menos de un minuto apenas Bella los dejó solos, así que sabia su tarea del día. A varios metros sin embargo, Francis estaba como hipnotizado mirando en dirección a Ana Belén. Janice quiso decir algo más Francis levantó su mano y dijo—: Ahora vuelvo.

—Mark… —dijo Francis sacando de la galera una idea apenas lo vio.

—Francis…

Ana Belén estaba en el medio de los dos hombres en silencio.

—Necesito que me hagas un favor… —comenzó a hablar sin soltar sus manos de la cintura y del hombro de Ana Belén.

Mark lo miró extrañado a él y a Ana Belén, quien también lo miraba con cara de póker.

—Dime para qué soy bueno entonces…

—¿Ves a esa señorita allí vestida de azul con capelina al tono?

—Sí, la veo…

—Se llama Janice.

—Ajá… —dijo sin entender nada todavía.

—Pues necesito que la lleves a su casa y, en mi nombre, me excuses…

—No entiendo nada…

—Dile que lo que ya se ha roto, aunque se pegue, nunca volverá a tener la forma original…

Josh apareció con cuatro copas de champaña en el medio de los dos hombres y, mientras abrazaba a Mark dijo—:¿Estás seguro de que quieres que Mark sea el mensajero?

—Es que me voy de viaje a Argentina… —concluyó Francis sin dejar de mirar a Ana Belén.

—Estás equivocado… —corrigió Ana Belén—, la que se va soy yo… y sin cola —concluyó soltándose de Francis para escaparse entre la multitud que llenaba la pista de baile.

Ambos hombres quedaron solos mirándose. Hasta que Francis dijo:

—Hermano, cúbreme en esta, que tengo que recuperar a la mujer de mi vida.

—Buena suerte —le dijo Mark—. Y descuida… Janice está en buenas manos.

Capítulo 21 - La boda

Una caja blanca de grandes dimensiones fue abierta. Tenía papel transparente y unos lazos blancos de seda que no dejaban ver el contenido. Ana Belén se encontraba sentada frente a un gran espejo y alguien le estaba aplicando maquillaje. Cuando pudo ver por el rabillo de su ojo lo que estaba pasando, tomó la mano de la maquilladora suavemente y le dijo:

—Espera un momento.

Luego se puso de pie para ver en primera persona el contenido de la caja gigante. Con mucho cuidado, desató los lazos de seda, abrió el papel transparente que cubría el contenido y exclamó:

—¡Es el tocado de novia más maravilloso que visto en mi vida!

El tocado principal era una semitiara y estaba formado por orquídeas de color blanco engarzadas en perlas además. Como accesorios, había también orquídeas individuales para aplicar en toda la cabellera de la novia. Pues esta llevaría solamente un semirrecogido y el resto de la cabellera larga estaría suelto.

—¿Dónde está el ramo? —preguntó la novia preocupada.

—Aquí lo trae el muchacho de los mandados —contestó Carmen, su madre.

Ana Belén no pudo controlar su curiosidad ni quiso, así que sin pedirle permiso nadie abrió la segunda caja.

—¡Es hermoso también! —exclamó.

El ramo de novia también era de orquídeas blancas y perlas engarzadas, y hacía juego con el tocado.

–Ana Belén, por favor, vuelve a tomar asiento así terminan con tu maquillaje –rogó su madre.

En la habitación contigua, cuatro cotorras no paraban de hablar.

–Espero encontrar algún candidato que merezca la pena –dijo una de las chicas que iba ser dama de honor junto con Bella.

–Y yo espero que mi prometido se entusiasme con una boda tan linda y quiera casarse también –dijo otra de las muchachas.

–Y tú, Bella, ¿qué esperas de este casamiento? –preguntó la tercera.

Bella, que se estaba vistiendo detrás de un biombo, se tomó el tiempo prudencial para contestar, porque no tenía idea de lo que esperaba de ese casamiento. Simplemente, ella se estaba comportando y colaborando de la manera en que su familia esperaba que lo hiciera. No tenía expectativa alguna de lo que pudiera depararle ese casamiento.

–Yo creo, chicas, que vemos demasiadas telenovelas. Es culpa de nuestras madres, en este caso, de mi tía. Es simplemente un casamiento, deberíamos estar contentas si nadie se emborracha demasiado, o si alguien hace un papelón desmedido… espero no ser yo, que pronto me voy a casar –concluyó tras risas.

–Tendrías que soñar un poco más –le dijo una de las damas de honor.

–Puede ser, puede ser, pero me gustaría encontrar ahí alguien estuviera sobrio para poder mantener una conversación decente o que pueda bailar al ritmo de la música… –dijo otra dama entre risas.

—Ten fe, muchacha, ten fe —le dijo Bella pensando en Mark que estaba todavía soltero.

—Vamos a sacarnos una foto —dijo una.

Las cuatro chicas vestidas con un vestido de talle entallado, escote cerrado y espalda totalmente descubierta sonrieron mirando el celular que les tomaría la foto.

En ese momento la maquilladora oficial del casamiento entró a la habitación donde estaban las damas de honor.

—Chicas, tengo noticias. Tenemos 45 minutos exactos antes de que la peluquera termine con Ana Belén.

—Eso significa un poco más de 10 minutos con cada una… ¿No es poco tiempo para maquillar a cada una? —preguntó preocupada Bella.

—Aquí viene mi ayudante —contestó con tono tranquilizador—. Por favor, colóqueles el paño protector para que los vestidos no se manchen.

Casi como a la hora Carmen entró a la habitación y preguntó:

—¿Están listas, chicas?

—Sí, sí, solo falta una —contestó la maquilladora refiriéndose a Bella.

—Por mí, puedes terminar ya —contestó riendo Bella.

—Pues no creo que quieras irte con un ojo pintado y el otro no —contestó la ayudante.

Minutos después ya estaban todas listas.

El padre de la novia condujo a Ana Belén hasta un Roll Royce Silver Cloud modelo 1960. Bella llevaba la cola del vestido de su prima con cuidado tratando de que no se ensuciara antes de tiempo.

Las damas de honor restantes se montaron en un Rolls-Royce Phantom VI de color azabache.

Alberto, su padre, tenía preparada una sorpresa para los novios luego, cuando los novios hicieran su escape de la fiesta.

Llegaron a la iglesia Notting Hill Methodist, que anunciaba la llegada de la novia tocando las campanas puntualmente.

La orquesta comenzó a tocar *Pompa y circunstancia*, uno de los temas favoritos de los novios. La puerta se abrió de par en par y primeramente las damas de honor hicieron su entrada sonrientes. La puerta se volvió a cerrar y, una vez que tomaron su lugar al costado izquierdo del atrio, se hizo una pausa.

La orquesta comenzó con los primeros acordes del aria *Eternal Source of Light Divine*,[59] de Händel, y el contratenor comenzó dulcemente a cantar. Los invitados comenzaron a emocionarse y, como broche final, la puerta de la iglesia se volvió a abrir con la novia y el padre que entraban finalmente a la iglesia. La novia llevaba un vestido corte princesa de color marfil, tenía un escote redondo y la cola del vestido era estilo catedral larga de 10 metros. La novia llevaba también un velo de tul con encaje engarzado en la hebilla del pelo a mitad de la cabeza, que hacía juego con el vestido de novia.

El pastor José comenzó con la ceremonia.

−Queridos hermanos, estamos aquí reunidos para celebrar la unión en santo matrimonio de Ana Belén y Francis. Me he sorprendido gratamente cuando los novios han concurrido a mí para contarme de sus planes. Les confieso que Francis me ha maravillado al confesarme que había encontrado una muchacha fascinante con la que se quería casar y que asimismo, también yo la conocía.

»Como yo casi vi nacer a Ana Belén, puedo decir que será una compañera excelente para alguien tan ocupado como

_____

[59] *Fuente eterna de luz divina.*

Francis, será una excelente anfitriona para agasajar a amigos y socios. Además de sus ganas de formar una familia numerosa y ocuparse ella misma de la crianza de sus hijos. Al final del día, Francis, podrás concurrir a tu casa sabiendo que, al llegar, estará primorosamente ordenada y decorada simplemente porque Ana Belén ama la decoración, el ceremonial y el protocolo.

»Por otro lado, Ana Belén, has encontrado en Francis a un hombre tranquilo, de preferencias por las cosas simples, pero que, sin embargo, quiere darte todos los gustos pomposos y de buen tino que tú tienes y, por sobre todas las cosas, está loco por hacerte feliz.

»Tienen mucho camino para recorrer porque hace relativamente poco que están juntos. Sin embargo, conozco el hecho de que los dos tienen muy claro cómo será la vida de casados y los roles que cada uno desempeñará, cómo van a criar a sus hijos, cómo van a manejar la economía, y otros tantos temas que hablamos en nuestra reunión prematrimonial, hace un par de días atrás.. Me alegro mucho de que hayáis llegado a la consulta con los deberes hechos. También me ha sorprendido gratamente que ambos quieran comenzar vuestra vida matrimonial en Argentina y que haya sido el empeño de Ana Belén en comenzar una nueva profesión la que haya insistido en eso y que Francis haya aceptado de muy buen grado acompañarla.

»Ante esta nube de testigos, Ana Belén, Francis, estréchense la mano derecha y expresen ante Dios y su Iglesia vuestro consentimiento matrimonial. Me toca hacerle la siguiente pregunta a cada uno:

»Francis, ¿aceptas por esposa a Ana Belén Fernández para amarla y respetarla todos los días de tu vida hasta que la muerte los separe?

–Sí, acepto.

—Ana Belén, ¿aceptas por esposo a Francis para amarlo y respetarlo todos los días de tu vida hasta que la muerte los separe?

—Sí, acepto.

Francis abrió una cajita y sacó de él una alianza.

—Yo te entrego, Ana Belén, este anillo, signo de la fidelidad que me debo a ti y para recordar que el amor nos une.

Luego le tocó el turno a la novia.

—Yo te entrego, Francis, este anillo, signo de la fidelidad que me debo a ti y para recordar que el amor nos une.

En ese momento, la soprano Isabel Durán, llegada especialmente de Mendoza, Argentina, comenzó a entonar una canción titulada *Hasta mi final*.

—El Señor confirme y bendiga el consentimiento que han manifestado delante de todos estos testigos y realice en ustedes lo que su bendición les promete.

»Por todo esto, y por el poder que me confiere la Iglesia, yo los declaro marido y mujer. Ya pueden besarse.

Con el correr de la música, Carmen comenzó a llorar a moco tendido, junto con Alberto, quien trataba sin éxito de no emocionarse. Mientras tanto, de un lado y del otro, Bella echaba miradas cómplices a Josh.

Al salir de la iglesia, los invitados arrojaron arroz, como indica la tradición, a los novios.

—Menos mal que solo tienen una sola boda…aquí en Londres.

—Sí, creo que respiramos todos al enterarnos de la noticia.

—¿Era necesario, sin embargo, tener dos bodas en menos de un mes? —preguntó Federico a su hermana, camino al salón de fiestas.

—Bueno, ya conoces a Ana. Se va a Mendoza apenas mi boda termine. Francis no tuvo más remedio que hacer buena letra luego de haberla dejado. O se casaba antes de partir a Mendoza, o…

—Tú no te haces demasiado problema, ¿verdad?

—No, la verdad es que no. He recuperado mi sueño y mi salud…

—La verdad es que podrías pedir un poco de protagonismo…

—Mi boda será por todo lo grande… ya verás…

EPÍLOGO

La novia subió con un poco de dificultad, debido al gran volumen del vestido más la generosa cantidad de tul que formaba su cola, a un carruaje cubierto de oro puro y marfil. El novio la imitó segundos después. Los caballos eran blancos y el cochero que portaba uniforme real no estaba solo. Dos lacayos escoltaban a los novios hasta el castillo de Hampton Court.

La policía guiaba el carruaje con dos autos, uno que iba por delante y otro custodiaba por atrás.

Ya más relajados, pues ahora se encontraban legalmente casados, los novios sonreían sin cesar a los transeúntes, quienes tomaban fotos de los novios pensando que, tal vez, alguien de la realeza se hubiera casado y ellos estaban totalmente ignorantes de semejante acontecimiento.

Josh besó la mano de su esposa amorosamente para atraer su atención y dijo:

—Señora Everleigh, la he esperado todo este tiempo. Espero hacerla feliz.

—Señor Everleigh, he encontrado al hombre de mis sueños también. ¿Qué más puedo pedir?

Se bajaron del carruaje ayudados por los lacayos.

Juntos caminaron por los jardines de Hampton Court, solos, con miradas cómplices para perderse en el edificio imponente, después de todo, habían encontrado finalmente una casa. Ese castillo sería de ahora en más, su hogar.

FIN

Karina Graciela Salazar nació en el barrio porteño de San Telmo, Buenos Aires, Argentina donde vivió hasta cuando emigró en 1999 a Lucerna, Suiza. Actualmente reside en la provincia de Zurich.

Karina es soprano lírica y además posee un Master in Science in Global Marketing expedido por la Universidad de Liverpool. Su pasión por el vino hizo que también se graduara en cursos WSET. Todos sus estudios le han permitido ofrecer sus servicios organizando eventos donde todos los sentidos (música, lectura y ágape) se funden en un mismo espacio.

Su amor por la lectura y más específicamente por la escritura vienen de larga data, desde cuando en 3er grado de primaria ganara un concurso de cuento intercolegial y el premio fuera un libro de Marco Denevi "Robotobor". Desde allí supo que algún dia cumpliría uno de sus tantos sueños: Escribir libros.

Visita su página: <u>karina-salazar.com</u>

Otros libros de Karina

www.ingramcontent.com/pod-product-compliance
Lightning Source LLC
Chambersburg PA
CBHW020357030726
47496CB00007B/2187